Eerste druk februari 2004
Tweede druk februari 2005
Derde druk maart 2005
Vierde druk april 2005
Vijfde druk mei 2005
Zesde druk mei 2005
Zevende druk mei 2005
Achtste druk juni 2005
Negende druk juli 2005

Willem Jan Otten

Specht en zoon

Uitgeverij G. A. van Oorschot
Amsterdam

Voor Kees Otten, mijn vader

EEN

Het loopt tragisch met mij af, daar lijkt het nu toch echt op. De schuifpui van het atelier staat open. Ik hoor vuur laaien. Het knettert. De wind staat pal noord, er slaan vonken in mijn richting, maar die worden asvlokken en dwarrelen als sneeuw naar binnen. Ik sta op de ezel en heb alleen het ergste te verwachten.

Hij komt uit de tuin gelopen. Hij komt me halen, het kan niet anders of ik word in het vuur geworpen.

Ik vertel dit nu al, anders sluit u zodra u begrijpt wie ik ben dit boek, want u denkt vast en zeker: wat maakt die van zijn leven nu helemaal mee?

Dat hij gaat lubberen... of dat er tijdens de schoonmaak een staande lamp met een scherpe rand tegen hem aan valt en dan heeft hij een put... of op zijn slechtst een scheur. En op de langere termijn – ach, wat heeft het bestaan nu helemaal in petto voor hem? Dat hij op een vliering eindigt, met zijn voorkant tegen de achterkant van een ander, die ook niet meer aan de muur hangt... Weemoedig stemmend lot, heus, maar dan heeft hij toch maar mooi zijn ding gedaan, minstens een mensenleven lang. Heeft hij zijn taak vervuld en dat wat er op hem te zien was naar vermogen gedragen.

Wat kan er in 's hemelsnaam tragisch worden aan iemand die alleen maar draagt?

Zo noemen ze ons in vakkringen. De dragers.

Op wat voor drager werk jij het liefst, vraagt de ene schilder soms aan de andere.

Dubbeldraads geweven linnen, zegt de ander dan. Of: portretlinnen, als ik op klein formaat werk.

Zegt de ene weer: ik zweer bij zeer dicht geweven.

Ze kunnen daar even gedetailleerd over redetwisten als gastronomen over wijnen.
Het ideale van dubbeldraads geweven is de structuur, het weerstandje als je strijkt, net als wanneer je een sinaasappel likt.
Zulke dingen heb ik ze soms horen zeggen en ze begrepen elkaar. Dus spitste ik altijd mijn oren, want luisteren is eigenlijk de enige manier geweest voor mij om erachter te komen wat of wie ik ben. Ik bedoel, als je, zoals ik, helemaal leeg en wit ter wereld komt, met niets erop of eraan, dan ben je volledig afhankelijk van wat ze van je maken. Het weinige wat er van je gezegd wordt als je nog onbeschilderd bent is daarom van kolossaal belang.

Ik ben zoals iedereen begonnen als rol en ik hing bij Van Schendel tussen andere rollen. Van dit hangen herinner ik me vrijwel niets. Wij zullen een leven lang hangen, maar van ons eerste hangen weten we niets. Ik bevond me ergens halverwege de rol, in een drukkende, bewusteloze duisternis. Onze rol werd een *twee meter* genoemd door het winkelpersoneel, naar onze breedte. Er waren ook rollen die *anderhalf* genoemd werden. Daar worden verreweg de meeste doeken uit gesneden.
Wanneer de rol van twee meter breed waar ik mij in bevond precies in Van Schendel is opgehangen weet ik niet. Dat is allemaal voortijd, voor mij even voorheen als voor een mens een eicel. En dus weet ik ook niet hoe lang het geduurd heeft voor het roldeel waar ik uit gesneden zou worden mij bereikte. Dat kan jaren gekost hebben. Wel weet ik dat ik bijna tien maanden lang met ongeveer zestig centimeter van mijn oppervlakte de winkel in gehangen heb, als de tong van een gaper. Enkele keren ben ik iets verder uitgedraaid, om een klant de gelegenheid te geven mij nader te bekijken en vooral te betasten – waarna ik weer werd ingerold.
Ik ben een Zeer Dicht Geweven Vier Maal Universeel Gepre-

pareerd. Iedereen die mij nader wilde bestuderen wist dat ik een vermogen kostte, zeker vergeleken bij de Anderhalve Dubbeldraads Geweven rechts naast mij, die weliswaar Olie Geprepareerd was maar, zo zeiden de klanten en het winkelpersoneel, van belangrijk kortere vezel vervaardigd dan ik.
Het probleem van de rol waar ik van afstam was zijn maat. Twee meter is de wijdste maat, terwijl mijn kwaliteit de een na fijnst denkbare was. Voelt u? Uit mij konden ongebruikelijk grote formaten gesneden worden, maar op ongebruikelijk grote formaten werken maar weinigen zo fijn als mijn kwaliteit eigenlijk verlangt. Op jouw formaat, zou mijn uiteindelijke eigenaar zeggen, wordt eerder gesmeerd dan geschilderd.
Ik ga niet beweren dat ik echt gewanhoopt heb, in dat jaar dat ik als een velletje toiletpapier naar het daglicht was gerold, maar ik denk wel dat deze periode me sterk gevormd heeft. Ik leerde niet alleen wachten, maar vooral: mijmeren. Ik ben intensief gaan mijmeren over wie mij uiteindelijk zou willen. Wie is in ons land befaamd genoeg om zich mij te kunnen veroorloven? Want daar sijpelde mijn gemijmer steeds in uit: mijn schilder moest een *gewilde* kunstenaar zijn, anders zou hij zich mij niet kunnen veroorloven. Geen wonder dat ik, ondanks mijn aangeboren bescheidenheid, ben gaan dromen van een leven in een museum, met dagelijks drommen bezoekers om mij heen.
Absurd, want mensen die zo fijn schilderen dat ze mij willen, maken eigenlijk altijd werk dat door spraakmakende kunstminnaars en directeuren van eigentijdse kunsttempels als ouderwets terzijde wordt geschoven.
Behaagziek. Kitsch.

Ik beken dat ik me vrijwel niets herinner van het moment waarop ik eindelijk werd gekocht. Hij was een onopvallende man van klein postuur, in een donkerblauwe jopper en met verfbespatte schoenen. Hij had wijde, gulzige ogen, maar die heb ik op het moment van de transactie helemaal niet gezien. Er wordt tijdens de koop niet zozeer naar je gekeken als wel aan je gevoeld en langs je gekeken om je structuur in strijklicht te ontwaren. Een keer likte een koopster in spe zelfs aan me – om toch tot de Anderhalf Dubbeldraads Geweven naast mij te besluiten, aan wie ze alleen maar met de binnenkant van haar pols had gevoeld, alsof ze de fles voor een zuigeling keurde. Alsof Dubbeldraads Geweven een speciale temperatuur heeft... Het kwam domweg in het geheel niet in mij op dat de man in de jopper mij serieus aan het overwegen was, zo onbefaamd zag hij eruit. Ik onderbrak mijn gemijmer dus niet en schrok pas wakker toen hij zich van mij had afgedraaid en al gebarend en pratend met Dennis, die woensdag altijd in Van Schendel stond, naar de toonbank beende, waar hij mij begon te bestellen.

Twee meter bij honderd twintig. Houten raam, latten van zes, met spieën, niet gespijkerd maar geniet. Ja, een kolossaal formaat, dat vond Dennis ook en ik zag dat hij zijn uiterste best moest doen om niet te vragen wat ik worden zou. De man in de jopper maakte een gebaar, hij spreidde zijn armen, als om duidelijk te maken dat hij een *levensgrote figuur* in gedachten had, maar wat of wie, dat kwam ik niet te weten. Kolossaal, dat woord viel enkele malen, ja, het was voor hem voor het eerst, dat het iets *staands* zou worden. Inderdaad, een kruis aan de achterzijde ter versterking van het raamwerk zou geen over-

bodige luxe zijn. En de latten, moesten die niet verlijmd zijn, drie punt zes dik, om het geheel extra stevigheid te geven?
Ik kon de toonbank niet zien van waar ik hing, we werden gescheiden door de schap met tubes Rembrandt. Wel ving ik zijn naam op, of waren het alleen zijn voornamen?
Felix Vincent.
Zei me niets.
Misschien dacht ik: wie die zijn kunstenaarschap serieus neemt noemt zich Vincent?
Ik had mijn leven lang alleen nog maar schuin tegenover een poster met woest geschilderde zonnebloemen gehangen, welbeschouwd was dat het enige kunstwerk dat ik kende.
Ja, dat heb ik gedacht. Een beetje schilder noemt zich geen Vincent. Die kijkt wel uit.
Kennelijk had ik een voorgevoel. Er zat iets niet goed. De onbeschrijfelijke afloop, in de vlammen van de brandstapel die nu, buiten in de tuin, zo hoog beginnen op te laaien dat ik hun warmte ben gaan voelen – zat die werkelijk in dat ogenblik besloten?
Het kan ook kwaadheid zijn geweest, op mijzelf, op het feit dat ik plotseling zo boos onbehaaglijk was geworden – terwijl het toch om een van de grootste ogenblikken in mijn leven ging! Mijn koop! Mijn verwekking! Het moment waarop iemand van mij zei: die wil ik! Maakt u daar maar het doek van waar ik mijn visioen op verwerkelijk!
Twee meter bij honderd twintig, staand, dat is beslist niet niks.

Twee weken later ben ik opgehaald. Had ik de gave van het woord, dan zou ik nu beschrijven hoe het voelt om eindelijk een doek te zijn, een doek met maten, een afgemeten, met het vlijmendste stanleymes afgesneden, onherroepelijk strak stuk linnen gespannen om een stevig raam met latten van zes en maar liefst drie punt zes dik, met spieën en met in zijn rug een kruis.

Het kan zijn dat een vlieger die voor het eerst wordt opgelaten zich statiger voelt, of een pauk die voor het eerst in Beethovens Vijfde zal optreden zich grandiozer, of een voor het eerst gehesen grootzeil dat zich vult met wind, terwijl onder hem zijn schip schuin valt, zich extatischer – maar wij, onbeschilderden, wij betreden zwijgend en krijtwit een wereld die ons nog meer belooft dan een vlieger, een trommel of een zeil. Wie is benieuwder dan wij? Tot meer bereid? Ontvankelijker?

Toen Felix Vincent mij de winkel uitdroeg, samen met de jonge blonde vrouw in het appelgroene leren jasje en de appelgroene gymschoenen van wie ik later zou begrijpen dat zij zijn grote liefde was en Lidewij heette, Lidewij Langebeen, wist ik dat ik met maar één schepsel op aarde vergelijkbaar was: met een pasgeborene.

Vlak voor ze binnenkwamen om mij weg te dragen, de winkel uit, de stoep op, Amsterdam in, naar de zijstraat waar ze hun bestelwagen hadden geparkeerd, had meneer Van Schendel nog een keer mijn spieën aangetikt en in elke hoek van mijn raam had het gekreund als een wee, spie op hout, hout op spie. Zo ben ik nog eenmaal aangespannen, tot ik niet meer kon. En Felix Vincent had met de wijsvinger van zijn rechterhand tegen mijn huid geflikt, precies in mijn midden, ja, geflikt is het woord, zoals je doet wanneer je een kruimel van tafel schiet, zo had Vincent tegen mijn middenste geflikt en ik had geklonken als een Turkse trom.

Ik was zo opgewonden, om niet te zeggen door het dolle heen, toen ik de zomerse straat in gedragen werd en, voor het eerst in mijn bestaan, het zonlicht tegen mijn krijtwitte voorzijde voelde spatten – voor het eerst en misschien wel voor het laatst, dat besefte ik heel goed – dat ik de man die mij had uitgekozen, besteld en opgehaald wel had willen kussen. Schepper! neuriede ik met al mijn spieën, schepper! Doe met mij wat je wil! Maak iemand van mij!

Hij schildert inderdaad mensen, mijn schepper, alleen maar mensen, dat ontdekte ik al snel, ofschoon ik om te beginnen in een hoek van zijn atelier ben neergezet, met mijn voorkant tegen een tamelijk koude muur. Vroeger moet dat de buitenmuur van het huis zijn geweest, maar er is een serre aangebouwd, al meer dan twintig jaar geleden. Een serre op het noorden, waar pas eind februari, tegen zessen 's avonds, de zon in komt schijnen.
Het is voor mij niet ideaal om hier te staan, dat merkte ik toen het winter werd, het kruipt sinds begin oktober aardig vochtig op. Ondanks de radiatoren in de serre is het alsof deze muur zijn oude recht van buitenmuur weer opeist. Was ik een piano geweest dan hadden ze me hier beslist niet neergezet.

Ik zal hem schepper blijven noemen, ofschoon ik sterk de indruk ben gaan krijgen dat hij zichzelf niet echt beschouwt als een vrij kunstenaar. Maar hij houdt ook niet van het woord portretschilder. Uit de gesprekken die hij soms in het atelier voert met mensen die voor hem zitten, maak ik op dat hij bij portretschilder een man met een slappe hoed voor zich ziet en een zwierig omgeslagen sjaal en een kappersblik.
Als ik erover nadenk is zijn opvallendste karaktertrek juist dat hij onopvallend wil zijn.
Ik ben gaan begrijpen dat dit voor iemand van zijn leeftijd iets bijzonders is. Hij moet begin dertig zijn, maar door zijn baardeloze gezicht lijkt hij jonger. Hij wil iemand zijn van wie je nooit zou denken dat hij kunstenaar is. En dat geldt, zegt hij, ook voor wat ik maak. Als je een ding van mij ziet, moet je geen seconde aan mij hoeven denken.

Hij noemt iets wat hij maakt steevast een ding.
Hij weet best dat dit soort gepraat onzin is. Toen ik een keer, tijdens een plotselinge schoonmaakactie in het atelier, met mijn voorkant naar voren kwam te staan, een paar uur lang, toen heb ik een paar van zijn dingen kunnen zien en het eerste wat ik dacht was: hoe is het mogelijk. We leven in de eenentwintigste eeuw, welke schilder werkt er nog zo pietjeprecies naar de werkelijkheid? Wat is deze schepper voor iemand?
Zulke reacties steken hem, ondanks dat hij zonder twijfel de bekendste en bestbetaalde portretschilder van zijn generatie is. Hij wordt, vindt hij, niet echt serieus genomen en daar probeert hij geweldig luchthartig over te doen. Mensen denken dat ik alleen maar registreer, zegt hij, als een soort fijnschilderende camera. Maar in werkelijkheid krijgen ze iets te zien wat ze niet zien.
Ze, dat is de maffia der kunstkenners. Dat stelletje eenogen dat altijd maar zegt dat hij o zo knap schildert, maar zonder handschrift. Of zonder idee.
Ik heb hem het verschillende malen horen zeggen, tegen interviewers, tegen mensen die voor hem zaten, tegen opdrachtgevers in spe: op een ding van mij is alles te zien en toch krijg je iets te zien wat je niet ziet.
Soms gaven mensen zich niet meteen aan scheppers charme en diepzinnigheden gewonnen en dan kwam hij met het voorbeeld van Jeanine. Dat is een van zijn vroegere portretten, van halverwege de jaren negentig. Ze hangt nog altijd in zijn atelier. Tijdens een overzichtsexpositie is er een ansichtkaart van haar gemaakt, zij is misschien wel scheppers bekendste ding. Jeanine was de caissière van de buurtsuper in Huizen waar hij soms zijn boodschappen deed. Als je Jeanine ziet, dan valt je ogenblikkelijk de schuwe, wegkijkende blik op. Kijkt ze je net aan, of wil ze je blik juist ontwijken? Even onbeslist als de oogopslag is het gebaar dat ze maakt, met haar linkerhand. Je moet het schilderij gezien hebben om te weten dat het kan,

maar schepper is erin geslaagd om je als kijker zeker te laten weten dat Jeanine met haar hand iets afdekt. Dat is het gebaar – van iemand die, bemerkend dat er naar haar wordt gekeken, iets aan haar gezicht wil verbergen.
Wat?
Dat vraag je je voortdurend af.
Wat heeft schepper gezien, dat Jeanine haar linkergezichtshelft wil bedekken?
Dat bedoel ik dus, zegt schepper. Op een ding van mij krijg je iets te zien wat je niet ziet. Je kijkt je suf, want alles is er. Begrijp je.

Hij vraagt tegenwoordig nog maar heel zelden zelf iemand om voor hem te zitten. De mensen komen bij hém, hij leeft van opdracht naar opdracht en elk jaar kan hij de prijs van een ding van zijn hand drastisch verhogen. Hij werkt meestal aan drie portretten tegelijk en voor ieder portret heeft hij drie zittingen nodig. Hij werkt gemiddeld drie weken aan een ding. Per jaar doet hij een kleine dertig schilderijen. Als het zo doorgaat lukt het hem om al volgend jaar de helft van het enorme bedrag gespaard te hebben dat hij nodig heeft om het huis met het atelier te kopen, dat nu nog van Lidewij's familie is. Zodra haar tante Dré dood is, doen haar ooms en tantes Nimmerdor in de verkoop. Zo heet het huis waar het atelier deel van uitmaakt. Nimmerdor is sinds de jaren tien van de vorige eeuw familiebezit geweest; schepper en Lidewij hebben er eigenlijk altijd alleen maar voorlopig gewoond. Met toestemming van de ooms en tantes, die, zolang tante Dré nog leeft, de illusie van familiebezit niet willen verstoren. Toen Lidewij's moeder ziek werd, vier jaar geleden, betrokken schepper en Lidewij Nimmerdor om, zo lang als het duurde, in de buurt van de zieke te zijn; en sinds de dood van de moeder zijn ze gaan spelen met het idee dat het permanent zou kunnen zijn.
Scheppers hoofd wordt geweldig in beslag genomen door berekeningen. Ik merk dat omdat hij ze hardop maakt terwijl hij aan het werk is, althans, als hij geconcentreerd werkt, dan telt hij voortdurend half zingend en neuriënd bedragen bij elkaar op en die vermenigvuldigt hij met twee en dat bedrag dan weer met een tiende, en wat hij dan krijgt telt hij bij elkaar op. Dat is omdat hij nog altijd sterk in guldens denkt. Voor Nimmerdor zal, onder druk van de ooms en tantes,

uiteindelijk de *reële marktwaarde*, een slordige anderhalf miljoen guldens, worden gevraagd en schepper is van plan de helft daarvan *op te hoesten met zelfgeverfd geld.* Zo praat hij, terwijl hij schilderend en wel de denkbeeldige bedragen over *boxen* verdeelt, of *op deposito* wegzet. En altijd merk ik dat schepper, terwijl hij zijn innerlijk behang dusdoende volkrast met cijfers, op een bepaalde manier aan mij denkt. Ik kan dat niet bewijzen, maar ik voel het. Ik merk dat hij, als hij aan het berekenen is hoeveel opdrachten hij nog moet aannemen om Nimmerdor *uit de klauwen van de ooms te houden*, denkt aan het grote, staande, onbeschilderde doek van twee meter bij een meter twintig waarop hij eens iets zal maken waar niemand op wacht.

Ik maakte gedurende mijn eerste maanden in het atelier de ene poseersessie na de andere mee en leerde al luisterend scheppers talent kennen om mensen benieuwd te maken naar zijn speciale kijk op hen. Hij kreeg altijd iedereen aan de praat en bijna altijd over dat wat zij vreesden dat hij als het ware op het schilderij zou uitvergroten – hun wijnvlek, hun plooien in hun hals, hun dikke polsen – en hoe hij het voor elkaar kreeg, daar ben ik nooit echt achter gekomen, maar heel vaak wist hij van het meest gevreesde het bijzonderste te maken. Zo leerde ik, met mijn rug naar de scène gekeerd, tientallen mensen kennen zonder ze ook maar een seconde te zien te krijgen. Maar schepper zelf – die bleef de grote onbekende. Hij was de tactvolle ontlokker van de meest gedetailleerde intimiteiten, maar van zichzelf gaf hij niets prijs. Geen wonder dat ik mijn gemijmer over wat hij met mij van plan was vaak niet kon beheersen. Het werd een soort snakken. Iets mateloos belangrijks zou ik worden, iets fundamenteel onzegbaars. *Iets waarover men niet kan spreken.* Ik bedoel, ik belandde in zijn atelier, tegen de koude muur, terwijl hij tot over zijn oren in de opdrachten zwom, er was geen sprake van werken aan iets vrijs. Schepper heeft

een plan, hield ik mijzelf voor, anders zou hij niet zo zeker zijn geweest van mijn maten en vooral: van het feit dat ik *staand* zou worden. Hij heeft een plan met mij, dat helemaal alleen uit zijn verbeelding voortgesproten is. Iets wat hij niet om het geld hoeft te doen, of in opdracht, of omdat hij nu eenmaal zo goed mensen treffen kan...
Iets kolossaal belangrijks zou ik worden.

En toen – op een middag heb ik gedurende enkele seconden gemeend te weten wat schepper met mij voor had. Dat was eind oktober, iets meer dan een jaar geleden nu. Schepper en Lidewij noemden het een onbegrijpelijk warm najaar. De bomen werden kaal, maar de schuifpui stond van 's morgens vroeg tot 's avonds open. Soms stak er een rusteloos briesje op, ik hoorde bladeren het atelier in ritselen.
Schepper had iemand binnen gelaten en ik begreep al snel dat het niet iemand was die voor hem zou zitten. Ze heette Minke. Minke Dupuis. Ze kwam, zei ze, om een portret van hem te maken. Daar moesten ze om lachen, schepper en Minke. Ze bleken elkaar te kennen, van de middelbare school. Minke Dupuis werkte voor *Palazzo*, een glimmend tijdschrift dat vooral door mensen met grote, vrijstaande huizen wordt doorgebladerd, of althans door mensen die dromen van resideren in grote vrijstaande huizen. Ik doe dit erbij, want het betaalt fantastisch, zei Minke. Het was duidelijk dat schepper belang had bij het portret dat Minke van hem zou schrijven, want zijn werk kwam over het algemeen in grote vrijstaande huizen te hangen. Minke klonk verontschuldigend, ze had liever een diepte-interview met hem gedaan voor *Kunst & Stof*, waar ze ook wel eens voor werkte.
Op dat moment kreeg ik geen beeld van haar. Ik hoorde haar stem, die een beetje hees was, een hese alt. Schepper zei alleen maar dat ze geen spat veranderd was. En zij zei iets soortgelijks. Ze was door Lidewij via de tuin naar het atelier gebracht.

Toen Lidewij ze alleen gelaten had zei schepper: raar, jij ineens hier. En Minke zei dat zijn ogen nog altijd even gruwelijk blauw waren.
Hij grinnikte en zei: de jouwe dan.
Er viel een stilte die ik niet goed kon inschatten.
Dus hier woon je, zei Minke.
Jip, zei schepper.
Ik werk me een breuk om het te kunnen kopen.
De stilte werd eigenlijk niet door deze woorden verbroken.
Daarna zijn ze de tuin in verdwenen waar Lidewij thee voor ze had neergezet, op de ronde tafel bij het riet. Daar hebben ze, vrijwel onverstaanbaar voor mij, het gesprek gevoerd dat tot het portret in *Palazzo* zou leiden. Over schepper, zijn werk en over hoe hij woonde en met wie. Er zou diezelfde week een fotograaf komen om opnames te maken van het atelier en van Nimmerdor.
Toch kwamen ze aan het eind van die middag weer in het atelier uit, Minke en schepper. Het interview was duidelijk achter de rug, Minke zei dat ze genoeg materiaal had. Meer dan genoeg. Stel je er niet te veel van voor, zei ze.
Kennelijk keek ze naar de dingen waar schepper mee bezig was.
Komt het je niet de strot uit, al die verveelde types, vroeg ze.
Scheppers antwoord moet een gebaar zijn geweest.
En dat, moet dat hem worden, vroeg ze.
Ik merkte dat ze mijn richting uit was komen lopen.
Ze veroorloofde zich vrijheden, dat maakte ik op uit scheppers zwijgen.
Ik voelde hoe ik achterover werd getrokken en zag, gedurende een seconde, het vrouwengezicht dat Minke moest zijn. En ik voelde hoe iets van haar haar langs me streek, ongeveer daar waar, als ik eens iemand zou worden, mijn gelaat zou zijn.

Lang, koperrood haar. Maar haar ogen waren niet gruwelijk blauw. Ze waren donkergroen.
Ik ben er nog niet aan begonnen, zei schepper.
Ik zie het, zei Minke. Ze liet me los en ik viel terug tegen de muur, haar haar woei van mij op.
Ik heb liever niet dat het in het interview komt, zei schepper.
God, nee, zei ze, dáár zijn *Palazzo*-lezers niet in geïnteresseerd.
Ze klonk extra hees en beslist een beetje smalend.
Ik bedoelde het ironisch, zei schepper.
Volgens mij namen ze afscheid zonder aanraking. Minke zei dat het portret in het decembernummer zou staan.
Stel je er niet te veel van voor.

Toen ze verdwenen was kwam Lidewij uit de tuin het atelier binnen. Ze schoof de pui dicht terwijl schepper binnenkwam.
Dat heb je me nooit verteld, zei Lidewij. Dat je dat van plan was met het grote doek.
Heb je ons afgeluisterd, vroeg schepper.
Ik ving het op, ik was voor in de tuin bezig, de bollen moeten de grond in, zei Lidewij. Mocht ik het niet horen soms.
Er viel een stilte.
Het komt er voorlopig toch niet van, zei schepper.
Dat bedoel ik niet, zei ze. Het is alleen zo raar dat je me dat nooit verteld hebt.
Schepper klonk bijterig.
We hoeven elkaar toch niet alles te vertellen wat we van plan zijn.
Je hoeft helemaal niets te vertellen, maar waarom dit nu ineens wel aan een wildvreemde interviewster.
Minke is niet wildvreemd. We hebben in dezelfde eindexamenklas gezeten.
Het was goed te horen dat Lidewij niet jaloers probeerde te klinken.
Waarom vertel je míj zoiets niet.

Het is een kloteplan, zei schepper. Onzin. Daarom heb ik het haar verteld. Om te beseffen dat het onzin is. Echt, godsgruwelijke onzin.

Volgens mij schrok Lidewij van zijn toon.

Ik ben ook gek ook, zei hij. Een Piëta, ik zei maar wat en die trut neemt het nog serieus ook, geen greintje gevoel voor ironie, enfin, ze heeft beloofd dat het niet in het interview komt.

Ik weet niet hoe de woordenwisseling verder verliep, want ik was plotseling volkomen van slag.

Een Piëta!

Ironisch bedoeld, maar toch, een Piëta!

Ik had werkelijk niet het flauwste benul wat dat kon zijn, ik had in mijn leven alleen maar enkele portretten in aanbouw van schepper gezien en in Van Schendel had ik schuin tegenover een reproductie van vlammende zonnebloemen gehangen.

Ik heb die eerste periode van mijn bestaan enorm moeten wennen aan het idee dat wij, doeken, niet de enige dragers van beelden zijn. Er zijn veel kleinere oppervlaktes dan wij waar complete voorstellingen op afgedrukt zijn. Ik ontdekte zelfs dat de hele beeltenis van één doek terecht kan komen op een minuscule, glimmende drager genaamd foto of polaroid.

En op een dag heb ik een vrouw, die op het punt stond om voor schepper te gaan zitten, horen praten over een drager waar ik nooit helemaal het fijne van heb begrepen. Ze vroeg aan schepper: heb je bewust geen spiegel in je studio.

De vrouw noemde het atelier consequent studio, ik geloof dat dat schepper ergerde, ik voel me als zij er is net de visagiste, zei hij een keer tegen Lidewij.

Ja, bewust, zei schepper. Hier in het atelier ben ik de enige die kijkt.

Ach, zo, zei de vrouw.

Het is me nooit helemaal gelukt te begrijpen wat een spiegel is. Ik maakte uit het vervolg van de dialoog op dat hij, net als ik, opgehangen kan worden en dat men er vervolgens *in* kijkt. Maar wat hij voorstelde, de spiegel, dat vatte ik niet.

Het moet allemaal iets fundamenteel anders zijn dan wat ze met mij gaan doen, als ik eenmaal een schilderij ben, dacht ik. Volgens mij gaat er nooit *in* mij gekeken worden. Hooguit naar.

Verwarrende grammatica. Het verontrustte me enigszins, want ik begon te begrijpen dat iedereen die *in* de spiegel keek iets anders zag. Ik vroeg me dikwijls af of ik ooit zou begrijpen waar het om ging. Er was heel veel wat ik, simpelweg omdat ik geen benen had, nooit zou begrijpen, ook dat begon ik terdege te beseffen.

Zo beidde ik gedurende dat eerste en enige najaar van mijn onbeschilderde bestaan mijn dagen in het atelier en het werd steeds moeilijker om te geloven dat het ooit nog iets zou worden met mij. Er waren meer lege doeken in Nimmerdor, welbeschouwd was het een *va-et-vient* van lege doeken, altijd veel kleiner van formaat dan ik, altijd dezelfde afmetingen, negentig bij zeventig, ze kwamen steeds met z'n zessen aan, bescheiden, zwijgzame types, een fractie minder van kwaliteit dan ik, ergens tussen Dicht Geweven en Dubbeldraads in. Ze kenden hun lot. Ze zouden een portret worden, van even onder de schouders tot kruin, ze zouden, na voltooiing, betrekkelijk snel worden opgehaald door de opdrachtgever; ze zouden in de eerste plaats *lijken* en dan pas mooi of verrukkelijk zijn; en ze zouden in een kamer belanden, aan een warme muur, in een altijd net iets te droge, CV-gestookte huiskamer, in een leven dat ze ten slotte het hunne zouden noemen.

Ik beklaagde ze heimelijk, omdat het zo gewoontjes was. Je bent negentig bij zeventig, schepper schildert een kop op je, meestal de liefdevolle echtgenote van de opdrachtgever, of een stralende dochter van tien, met haar knuffel, of, met een beetje geluk, de president-commissaris van het Congresgebouw. En door de ogen van deze ene kop bekijk je vervolgens de wereld, hangend boven het bankstel, of in de bocht van het trappenhuis, of aan de wand van de vergaderzaal.

Ik moest zo niet denken, dat wist ik. Mijn jaar in Van Schendel had mij geadeld en mij leren mijmeren. Mij was hun formaat bespaard gebleven. Toch was ik onrustig. Ik beken het met tegenzin. Ik was gaan begrijpen dat voor een doek als ik maar één ding telt in het leven. Zelfs wanneer je geen Piëta wordt,

blijft het de ene vraag: wie komt er op mij terecht? Wie word ik? Wiens gelaat wordt mijn gelaat? Ja, heus, in zulke bewoordingen begon ik te mijmeren. Gelaat. Alsof het niets kost. Door wiens of wier ogen zou ik de wereld gaan zien?
Ik heb het duizend keer tegen mezelf gezegd: wat maakt het uit dat je iets niet wordt, als je toch niet weet wat het is – maar het hielp niet. Ik ben sinds die warme namiddag in oktober een onverklaarbare spijt blijven voelen. Ik begreep dat schepper zijn plan nooit zou uitvoeren, al begreep ik niet waarom. Zomin als ik begreep waarom het plan eens in hem was opgekomen.
Ze zijn niet te volgen, mensen die iets willen maken wat ze niet begrijpen. Ze kunnen niet vasthouden aan het onbekende, zoveel begrijp ik ervan. Ze deinzen voor hun diepste overtuiging terug.

Als ik al wat zou worden, eens, dan zou ik niet worden wat de bedoeling geweest was.

Een paar dagen later ben ik voor de poorten van de hel weggesleept, vraag me niet hoe. Schepper werd gevraagd of hij Cindy wilde schilderen. Jawel, dezelfde, van Fok Duivemelk, die van Procter Poldermol, met wie ze binnenkort een jaar getrouwd zou zijn. Duivemelk kwam ook dat jaar in de toptien van vermogendste Nederlanders voor.
Cindy was de eerste persoon met een facelift die schepper zou portretteren.
Hij probeerde haar tijdens het eerste gesprek, waarin de opdracht geformuleerd zou worden, te benaderen als ieder ander – maar hij kreeg, zei hij na afloop tegen Lidewij, het gevoel dat als hij Cindy aannam, hij *niet naar het leven zou werken*. Het was, zei hij, alsof Cindy met haar gecorrigeerde mond, haar aangescherpte neusvleugels, haar weggetrokken wangen en haar uitgedeukte frons, al geportretteerd was. Dit zat hem danig dwars, want eigenlijk had hij al ja gezegd tegen de opdracht, althans, hij had op zo'n manier niet nee gezegd, dat het pijnlijk zou worden om er nog van af te zien.
En schadelijk, zei hij, in dit stadium.
Hij bedoelde: nu tante Dré toch werkelijk in een verpleeghuis aan het raken is en we, als we Nimmerdor willen kopen, domweg nog even zo veel mogelijk geld moeten maken.
Hij sprak op dit soort momenten van we.
Volgens mij hield hem het interview met Minke nog altijd bezig en moest hij steeds maar denken aan haar vraag – of ze zijn strot niet uitkwamen, al die verveelde types.
En plotseling nam hij, waar Lidewij bij was, een vloekend besluit. Dat bedoel ik niet overdrachtelijk. Hij vloekte letterlijk en trok mij weg van de muur, tilde me op bij mijn kruis in

mijn rug, draaide me om en liep met me naar zijn ezel. Daar stond Lidewij, aan wie hij vroeg mij even vast te houden. Toen verstelde hij zijn ezel zo dat ik erop kon staan, met mijn onderzijde op zijn kniehoogte.
Je meent het, zei Lidewij.
Ik stond op de ezel, voor het eerst van mijn leven. Maar het was mij bang te moede.
Waarom niet, zei schepper.
Je gaat toch iemand als Cindy niet op dát doek... je maakt een grapje, zei Lidewij.
Juist iemand als Cindy, zei schepper. Ze is fascinerend, als je echt naar haar kijkt. Fascinerend van maskerachtigheid.
Hij wist dat hij loog en dat maakte hem steeds overtuigder van zichzelf.
Cindy Duivemelk van top tot teen, dat is schilderen op het scherpst van de snede, zei hij.
Het viel me op dat hij me geen seconde had aangekeken – alsof ik al een blik had waarvoor hij de zijne kon neerslaan. Ik zag eigenlijk alleen maar hoe klein hij was en onopvallend. Zoals ik nu stond reikte hij met zijn schouders tot mijn midden.
Lidewij keek me wel aan. Ik herinnerde me de appelgroene schoenen en daar kwamen nu de kastanjebruine ogen bij. Ze strekte een hand uit en streelde met de toppen van haar vingers over mijn linnen.
Waarom ben je zo cynisch, zei Lidewij. Zo ken ik je niet.

Ze zijn een wandeling gaan maken door het bos om Nimmerdor en voor het eerst kon ik op mijn gemak de wereld in kijken, wat zeggen wil de glazen schuifpui door de tuin in. Ik trilde nog na van het onuitsprekelijke gevaar dat ik had gelopen, maar ook van de vederlichte aanraking van Lidewij's vingertoppen, die van mijn linnen, zo kwam het mij voor, even een mensenhuid had gemaakt.
Het was begin november. Dat weet ik, want terwijl ik het ate-

lier rondkeek, ontdekte ik aan een zijmuur een kalender, hij hing naast Jeanine, die voor altijd net niet haar hand van de linkerhelft van haar gezicht schoof.
Vooral Lidewij had vaak op de kalender gekeken, naar de afbeelding van de maand. Ik geloof dat ze hem in Rome hadden gekocht, daar waren ze niet lang voor mijn komst samen een week geweest. Ik ben nooit dicht genoeg bij de zijmuur geweest om te kunnen zien wat ze voorstelden, de beeltenissen, maar ik begreep dat het reproducties van schilderijen uit het Vaticaans Museum waren. Ik herinner me dat er maanden later, in maart, heel duidelijk een kruisvorm te zien was, ik dacht zelfs: waarom schilderen ze een doek zonder raam of linnen, wat hebben ze toch vreemde voorstellingen bedacht, de scheppers van weleer.
Maar nu was het november, de Vaticaanse kalender maakte gewag van dagen die Allerzielen en Allerheiligen werden genoemd. Lidewij had zich afgevraagd waarom, en geopperd dat het met de bladeren van de bomen te maken had, de allerlaatste bladeren laten nu van de bomen los en dan moeten de Vaticanen vieren dat niets verloren gaat. Schepper moest glimlachen om haar theorieën, wat weten we toch weinig van deze dingen af, had Lidewij gezegd, volgens mij heeft op deze kalender iedere dag een bedoeling.

Ik had hem al gehoord, buiten, links uit het berkenbosje dat langs de lange tuin mee afloopt naar het Randmeer had een klagelijke schreeuw geklonken, alsof er hard en jeremiërend een reuzenpoes miauwde. Ik wist dat hij een dier was, zoveel had ik opgemaakt uit gespreksflarden tussen schepper en Lidewij. Hij was genoemd naar zijn schreeuw, althans, als schepper zijn schreeuw nabootste terwijl hij aan het werk was, dan klonk het als pieoew. Na zijn schreeuw kwam het schepsel meestal de tuin in gelopen, om uit een aluminium bakje dat vlak voor de pui was neergezet kippenvoer te eten. Dat geluid

had ik dikwijls gehoord terwijl ik tegen mijn muur stond, gescharrel van iets puntigs en hards in een metalen bord.
Goedendag, zei schepper dan.
Het klonk allemaal danig aristocratisch, seigneur Pauw werd hij ook wel genoemd – maar een voorstelling kon ik niet van hem maken. Volgens Lidewij was hij ontsnapt uit de speeltuin van Oud-Valkeveen, die vorige lente, hij had tijdens de paartijd de fazanten elkaar horen roepen en was het bos in verdwenen. Curieus, want fazanten, zoveel wist ik inmiddels ook, klinken als claxons van oude auto's, absoluut niet zo gedragen en elegisch als seigneur Pauw.
Het heeft allemaal met het verhaal van mijn leven weinig te maken en met het vuur waar ik straks in terecht ga komen al helemaal niet, maar toen ik hem dan eindelijk te zien kreeg, die eerste zaterdag in november toen ik voor het eerst vrijelijk de wereld in kon kijken, voelde ik ogenblikkelijk een scheut van spijt.
Hij was spierwit.
Een volmaakt wit wezen was hij. Wit als ik. Vier Maal Universeel Geprepareerd Linnen Wit was hij en toch kon hij lopen. Hij kwam geheel op eigen kracht ergens vandaan en zou, na zijn bakje leeggegeten te hebben, weer ergens heen bewegen.
En hij merkte mij niet op.
Hij scharrelde met zijn venijnige snavel in het bakje en trok nu en dan een genagelde teen naar zich toe, wat een onprettig krassend geluid gaf. Toen het kippenvoer op was duwde hij met een ongeduldige beweging van zijn hals het bakje van zich af en keek op.
Toen gebeurde het.
Hij begon te rillen, of beter, te sidderen en maakte kokkende bewegingen met zijn hals. En voor ik het wist had hij zijn staart opgestoken, heel mijn blikveld werd plotseling in beslag genomen door de opgestoken, spierwitte pennen van zijn

staart. Hij hield maar niet op met sidderen, het klonk alsof hij een stormwind van zich wilde doen uitgaan. Hij maakte zich nog groter dan hij nu al was door op zijn tenen te gaan staan.
Het vreemde is dat ik, na mijn eerste schrik, meteen begreep dat het met mij niets te maken had, dit vertoon. Hij had mij totaal niet opgemerkt. Hij deed dit omdat hij gezien werd. Maar degene die hem zag was onzichtbaar. *Hij maakte indruk*, op een onzichtbare blik. Iets anders kan ik er niet van maken. De tuin was verlaten, schepper en Lidewij waren het bos in gelopen, in het atelier verroerde niets.
En hoe onwaarschijnlijk spierwit hij ook was – ik zag dat zijn pennen, die aan hun uiteinde uitliepen in cirkels, iets betekenden. Ze *waren* iets, hoe zeg ik dit, ze leken witte cirkels, maar ze beeldden iets uit, dat kon ik heel goed zien in het strijklicht van de zon die boven het berkenbosje moest staan, jawel, wat ik heel duidelijk zag dat was dat het ogen waren. Honderden witte ogen op lange sidderende pennen. Seigneur Pauw had al zijn ogen opgestoken – en wisselde even zo vele blikken met iemand die nergens te zien was. En hij vouwde ze weer ineen, tot een veel te zware staart die hij, terwijl hij richting berkenbosje begon te drentelen, achter zich aan sleepte.

Toen ze terugkwamen tilde schepper mij weer van de ezel. Tot mijn onuitsprekelijke opluchting begreep ik dat ik Cindy niet zou worden. Zo kwam ik weer in mijn hoek terecht.
Ze werd een negentig bij zeventig. Schepper mompelde iets als *ik schilder haar masker maar ik vang haar ziel*, maar dat was schoonspraak, hij zou uiteindelijk, op het furieuze af, ontevreden blijven met het resultaat. Een virtuoze leegte, dat werd het, precies wat de kunstwereld van hem dacht. En dat Cindy het ding kirrend van bewondering in ontvangst nam, schepper vele malen omhelzend en kussend, zeggend dat hij *een hell of a job* had gedaan, dat Fok het *onwijs ontroerend* zou vinden, dat hij, schepper, een tovenaar was die dwars door mensen heen

keek en haar op haar *megakwetsbaarst* had weten te treffen, dat maakte het er niet beter op.
Nog dertig keer, dan ben ik vrij.
Dat hoorde ik hem heus neuriën in die dagen.
Nog dertig portretten.
Ik begreep dat hij worstelde, hij voerde een gevecht om zijn vrijheid.

Intussen is het, heb ik vernomen, een beroemd ding geworden, Cindy. Zelfs de kunstwereld reageerde erop, althans, in een radio-interview, afgenomen door Minke Dupuis schijnt de conservator van het Groene Hart Museum gezegd te hebben dat *de neo-realistische oppervlakte van Felix Vincent nu eindelijk reliëf krijgt*. De conservator had het zien hangen in Duivemelks palazzo in Bloemendaal. *De ondertoon van een tragische leegte*, had Minke de conservator zelfs weten te ontlokken.

Wat ik niet moet vergeten te vertellen is dat ik, nadat ik op een haar na Cindy was geworden, anders tegen mijn muur terecht ben gekomen dan voorheen. Te weten niet staand, maar liggend.

Het is nog niet makkelijk om te beschrijven wat dit voor mij betekende. Voor het eerst begon het me te dagen dat ik rekening had te houden met een volkomen ander lot.

Het was december geworden en de vorst was vroeg ingevallen. Schepper had het steeds over het riet aan het eind van de tuin, dat zo'n wonderlijke roestige kleur had aangenomen en zo meesterlijk afstak tegen het wit van het Randmeer, waarin een groot wak maar niet dichtvroor, en daarin dreven als spierwitte, lichtketsende vlekken tientallen zwanen. De leegte, zei schepper, de wijde koude leegte van de ijsvlakte – die is niet te schilderen.

Leegte, dat was een woord dat hij vaak neuriede, hij had er een liedje van gemaakt, met, als ik het goed heb verstaan, als refrein: hij klopte en veegde zijn doeken vol leegte.

Ik rook het gevaar ogenblikkelijk.

Als schepper zegt dat iets niet te schilderen is bedoelt hij dat hij het gaat schilderen.

Ik heb het werkelijk geprobeerd, om mezelf voor te stellen als winterlandschap. Dat was niet eens zo moeilijk, ik ben van nature wit en dat ik *wijd* was kon ik me, nu ik lag, gemakkelijk indenken. Ergens in mijn midden zou dan het wak worden aangebracht, het ijskoude water met de kleumende zwanen. Ik kon er niets aan doen, ik vond het een öde voorstelling. Ik begrijp heel goed dat het schepper na al die jaren steeds rijkere mensen schilderen, en vooral: na Cindy, koud om het hart aan het worden was, dat er *iets met hem gebeuren moest*, wilde hij zijn oude, vindingrijke elan weer terugkrijgen – maar om nu zelf voor de rest van mijn bestaan de uitdrukking van zijn kater over Cindy te worden...

Hij heeft op een ochtend de ezel pal voor de schuifpui gezet. En daarna mij, liggend en wel, dwars op de ezel. Ik stak bespottelijk ver naar beide zijden uit. Op een of andere manier rook ik dat het verveling was, wat hem dreef. Onlust. Hij was bezig aan de drie kinderen van Henry Breedbek, de charismatische haptonoom; een meisje van tien, jongens van acht en zes, kleine formaten, bedoeld om op het motorjacht in Volendam te hangen.

Toch wees alles erop dat dit het grote moment zou worden. Dat ik op het punt stond geschilderd te worden.

Ik wist toen nog niet dat als schepper echt begint, hij het doek eerst in de imprimatuur zet. Dat is een effen laag grijs, of flets groen, of gronderig omber, die de toon van het ding zal uitmaken. Alles wat er daarna op komt wordt vanuit de imprimatuur gedacht, ongeveer zoals een melodie vanuit de grondtoon wordt gedacht.

Schepper keek me nauwelijks aan. Hij vestigde eigenlijk voortdurend zijn blik op het uitzicht achter mijn rug en het was alsof de ijzige vlakte in het blauw van zijn ogen weerkaatste, dat daardoor niet blauw was, maar metaalgrijs. Ik schrok van het lege, vlakke in zijn oogopslag en vreesde het ding dat ik worden zou. Als het hem zou lukken om mij er zo winters te laten uitzien als hij nu keek, hoe koud zou het de mensen die, als ik af was, naar mij keken dan wel niet om het hart slaan?

Wie zou mij nog willen?

Hij had een stuk houtskool in zijn hand. Ik zag nu pas voor het eerst dat hij links was.

Met het stuk houtskool trok hij plotseling, in een onverhoeds driftige impuls, een horizontale streep over mij heen, van links naar rechts, van mij uit gedacht.

Dit was zijn eerste directe contact met mij. De gruizelige punt van een dun stuk houtskool dat, terwijl schepper een streep van twee meter breed over mijn volmaakt ongerepte huid wilde trekken, woedend afbrak. Op ongeveer twintig centimeter voor mijn midden.
Schepper vloekte en trapte tegen de schenen van de ezel. Die viel om, dat wil zeggen: wij vielen om. Even raakte ik met mijn linker onderpunt de grond, daarna wankelde de ezel en kantelde, met mij er wegschuivend op, voorover.
Ik weet niet hoe lang schepper ons zo heeft laten liggen.
Lidewij kwam binnen en zei dat ze een klap had gehoord, wat is er gebeurd.
Schepper bleef vloeken.
Je moet even weg, zei Lidewij, dit gaat niet langer zo.

TWEE

Ik lag weer in mijn hoek, toen op vier januari van diezelfde winter alles veranderde. Op de Vaticaanse kalender, had ik Lidewij horen zeggen, was een *Aanbidding door de Wijzen* te zien. Schepper had de houtskoolstreep die twintig centimeter links voor mijn midden afbrak niet weggepoetst. Ik voelde me geschonden, als iemand die van zijn beul een brandmerk op zijn voorhoofd gedrukt heeft gekregen. En tot overmaat van ramp had schepper mij met mijn rug tegen de muur gezet. Voor het eerst van mijn leven voelde ik me naakt. Dus dit, deze toestand van onbeschermdheid, dit onvermogen om je te bedekken tegen blikken, noemen mensen schaamte.

Hij arriveerde per terreinwagen. Plotseling was het alsof er in ons bos rinocerossen waren, zou Lidewij later zeggen. Tijdens het eerste gesprek met schepper, dat nog geen halfuur duurde, schijnen er twee jonge mannen met waakse blikken in de wagen te zijn blijven zitten. Lidewij vertelde dat ze de mannen nog heeft binnen genood, maar ze bleven liever waar ze waren. Een van de mannen was heel jong en donker, Noord-Afrikaans, schatte Lidewij. Ze waren allebei kaalgeschoren en baardeloos.

Soms telefoneerden ze, met mobieltjes, en eenmaal is een van beiden leunend tegen de motorkap een sigaretje gaan roken. Op dat moment vlogen er ganzen over, daarom was Lidewij even de keukendeur van Nimmerdor uitgelopen.

Ach, had ze gedacht. Ganzen. Dezelfde als vorig jaar.

Dat soort dingen vertelt ze aan schepper, ze onthoudt onbeduidende details. Het was precies een jaar geleden dat haar moeder opgenomen had moeten worden in het ziekenhuis en een dag later was er gebeld dat ze onmiddellijk moest komen omdat het toch snel slechter werd. Toen waren er ook lange rijen ganzen boven Nimmerdor te horen geweest.

De afspraak met de bezoeker was kort na het mislukte landschap gemaakt, ongeveer een week na de verschijning van het grote stuk in *Palazzo*, waarin schepper had gezegd dat kunst moet lijken. Als het niet naar het leven is, is het naar niets, stond er boven het stuk. Tekst: Minke Dupuis.
Het was me opgevallen dat schepper de *Palazzo* ogenblikkelijk had dichtgeslagen op het moment dat hij zichzelf afgebeeld zag, samen met Lidewij, in de tuin achter Nimmerdor. Hij was niet trots, eerder gegeneerd en keurde de tekst geen blik waardig, alsof er iets pijnlijks in zou kunnen staan.
Hij wil niet naar zichzelf kijken zoals hij naar de mensen die voor hem zitten kijkt, bedacht ik later, hij vreest zijn eigen blik.
In afwachting van de bezoeker had schepper alle schilderijen in zijn atelier met hun voorkant tegen de muur gezet. Dat deed hij altijd als hij een gesprek zou voeren waarvan hij een opdracht te verwachten had. Ook het ding van Beatrix, waar hij sinds enkele dagen aan begonnen was, in opdracht van het Kabinet der Koningin. Voor het eerst sinds tien jaar was er een nieuw staatsieportret nodig en schepper behoorde tot het kleine gezelschap dat meedong naar de opdracht, die hij overigens niet gekregen heeft. Het is hem nooit gelukt om er een echte Vincent van te maken. Ik kan geen postzegel portretteren, zei hij zo achteloos mogelijk.
De enige die schepper niet had omgedraaid was ik, met de houtskoolstreep.
De bezoeker trad dus binnen in een volslagen beeldloos atelier. Hij liep moeilijk, leunend op een stok met een ivoren knop en hij was aan het hoofd van de keukentafel gaan zitten die als tekentafel dienst deed. Tijdens het gesprek greep hij regelmatig

naar zijn stok en hield die dan vast, met zijn gestrekte linkerarm.
Mager was hij. Zijn pak zat hem te ruim.
Hij zal zich toen hij zich aandiende voorgesteld hebben, op de terloopse wijze waarop machtige mensen zich voorstellen. Het duurde dagen voor ik de naam te horen zou krijgen, maar dat hij Specht heette, Valéry Specht en dat hij de geduchte kunstverzamelaar was, in eigen persoon, hoefde ik niet te weten om te beseffen dat het atelier bij zijn opkomst ogenblikkelijk verzadigd raakte van een speciale spanning.
Specht heeft schepper tijdens het eerste gesprek niet gevraagd om een van zijn dingen om te draaien.
Ik ken, zei hij, het werk van Felix Vincent goed genoeg om te weten waarom ik hier ben.
Schepper vond het niet onaangenaam dat Specht zo in de derde persoon over hem sprak; het klonk alsof er ook David Hockney of Francis Bacon gezegd had kunnen zijn.
Felix Vincent, zei Specht, is de enige die in aanmerking komt.
Vanwaar ik lag kon ik Specht goed zien. En hij heeft mij gezien, ogenblikkelijk, ik weet zeker dat ik de eerste was op wie zijn lichtgevende adelaarsblik zich vestigde toen hij binnenkwam. Ik had wel door de grond willen zakken. Het was alsof hij gedurende een fractie van een seconde de houtskoolstreep in zich opnam, als om te beslissen of ik kunst was. Interessant. Koopbaar. Daarna richtte hij zich weer op schepper. Zijn borende blik smeulde na, op de plek waar de houtskoolveeg afbrak, precies twintig centimeter voorbij mijn midden.
Hij had geen oogwit, maar geel.
Intrigerend stuk, in *Palazzo*, zei hij.
Ja, vroeg schepper.
Ik kreeg het vorige week onder ogen en dacht: Felix Vincent, die wil ik ontmoeten.
Hij sprak met de raspende, hoge stem van iemand die nooit de

baard in de keel gekregen heeft, met een onmiskenbaar Rotterdams accent. Ik merkte dat ook schepper gebiologeerd raakte door zijn lange, benige handen, zijn dunne polsen en door de magere kop boven de angstwekkend lange, adamsappelloze hals. Hij had een borstel van kort grijs haar, het assige grijs van iemand die blond is geweest.

Is hij gelukt, de Piëta, vroeg Specht.

Ik hoorde scheppers ademhaling stokken.

Hoe weet u –, vroeg schepper. Hij zocht met zijn blik de *Palazzo* die op de tafel lag en begreep dat Minke Dupuis zich niet aan de afspraak had gehouden.

Toen ik dat las, zei Specht, dat u daaraan wilde beginnen, met zo'n thema, toen wist ik: aan u kan ik het vragen. Die heeft kloten.

Schepper herinnert zich Spechts helle blik als de blik van een schilder. Hij keek als een maker, zei hij na afloop tegen Lidewij.

Toch was het geen krachtmeting, deze eerste fase van de kennismaking. Daarvoor had Specht te bedroefd geklonken. Moe en bedroefd. Hij keek weer de ruimte rond.

Ach, zei hij. Daar hangt Jeanine.

Hij stond op en liep naar de wand waar zij aan hing.

Dat u haar kent, zei schepper.

Iemand heeft me haar gestuurd, als ansicht.

Grappig, schepper vroeg niet: wie. Hij wilde niet laten merken hoe onbedaarlijk gevleid hij zich voelde ineens.

Specht was weer gaan zitten.

Ik heb eigenlijk maar één vraag, zei hij.

Zijn stem, die voortdurend al heel zacht had geklonken, was nu vrijwel onhoorbaar.

Werkt u ook naar de dood.

Hij wachtte scheppers antwoord niet af. Hij balde zijn linkerhand om de knop van zijn stok, maar hij had zijn vrije hand langzaam in de binnenzak van zijn jasje geschoven.

Hij verwachtte geloof ik geen antwoord.
Uit zijn binnenzak had hij een chequeboek te voorschijn gehaald.
Voor ik u zeg waar het om gaat wil ik dat u weet dat ik u honderdduizend bied. Euro's. Vijftigduizend nu en vijftigduizend als het voltooid is.
Specht bracht een duim en een wijsvinger naar zijn lippen, likte, bladerde het chequeboek open en schreef vijf cijfers op. Daarna schoof hij het chequeboek naar het midden van de tafel. Schepper kon het nu met eigen ogen zien. Er stond € 50.000. De cheque hoefde alleen nog maar losgescheurd en ondertekend te worden.
Het lukte schepper om de cheque niet aan te raken.
Ik weet zeker dat hij bliksemsnel de inwendige Nimmerdorse berekening maakte en wist: dit scheelt maanden. Vijftien portretten. Vijfenveertig sessies. Het bedrag was vijftien keer zo hoog als hij op dat moment vroeg voor zelfs het tijdrovendste ding. *Nu kan tante Dré sterven.*
Schepper had niet gemerkt dat Specht hem angstvallig observeerde.
U weet zelf het beste dat u het waard bent, zei Specht. Maar zullen we jij zeggen, dan heet ik Valéry.
Schepper probeerde uit alle macht niet bedremmeld te kijken. Hij kan zich niet herinneren ooit uitdagender aangekeken te zijn dan op dat ogenblik.
Felix, dus, zei hij.
Je werk is fascinerend, zei Specht. Je kunt iets zeldzaams. Iemand laten leven.
Pas nu zag ik dat Specht, ondanks de kalmte waarmee hij sprak, transpireerde. Er stonden pareltjes op zijn voorhoofd, een glinsterende rand vlak onder de haarlijn.
Ik besef heel goed dat ik je iets vraag wat je nog nooit hebt gedaan, zei Specht. Hij wreef met zijn linkerhand onophoudelijk over de knop van zijn stok.

Zeg niet meteen nee, zei Specht. Overweeg het. Je redt er een leven mee.
Hij was moe, dat was nu duidelijk te zien. Doodmoe. Of doodziek.
Weer bracht hij zijn rechterhand naar zijn binnenzak.
Ik vraag je om een portret. Van mijn zoon. Hij is dood.
Specht had een foto naast het chequeboek neergelegd. Schepper schoof hem naar zich toe.
Specht vader! Dat was even moeilijk voorstelbaar als Mondriaan rond, zou hij later tegen Lidewij zeggen. Ik was even volkomen confuus.
Schepper had nooit beter geweten dan dat Specht, erfgenaam van een bekende baggergroep, zich tijdens zijn publieke leven altijd alleen maar vertoond had met jonge mannen.
Schepper concentreerde zich op de foto.
Loutro, zei Specht. Je kent Loutro.
Schepper schudde zijn hoofd.
Hij had veel verwacht, maar niet dit: een vakantiekiekje waarop twee blonde kinderen, een jongen en een meisje, die elk een arm hadden geslagen om een iets kleiner donker jongetje.
Loutro is Kreta, zei Specht. Zuidkust. Wij hebben daar een stulpje.
Hij wees iets op de foto aan.
Dat is de punt van ons terras.
Specht keek schepper aan.
Het gaat om mijn zoon.
Schepper maakte zich met moeite los van het donkere, donker kijkende, middelste kind, dat de middelvinger van zijn rechterhand aan het opsteken was. Hij concentreerde zich op de lachende jongen rechts, die met de vingers van zijn linkerhand een V maakte.
Leuk joch. Brugklas, vroeg hij.
De foto is zeven jaar geleden genomen, zei Specht.
Dan zou je zoon negentien zijn geweest, nu, vroeg schepper.

Hij sprak op de tast, hij probeerde de toon te vinden waarop men over een gestorven kind spreekt, met een man die zijn eigen vader had kunnen zijn.
Er viel een stilte waarin Specht iets leek uit te rekenen, maar dat was het niet. Hij zei: het gaat om Singer. In het midden.
Hij liet schepper niet van zijn verbazing bekomen. Die heeft dus niet gevraagd: is uw vrouw dan zwart. Laat staan dat hij heeft gevraagd: een vrouw, bent u dan getrouwd.
Later zou hij Lidewij vertellen dat hij maar één gedachte had: alle honderdvijftig geportretteerden die tezamen tot op dit moment zijn oeuvre uitmaakten waren wit. Hij voelde zich onbehaaglijk, alsof hij op onbekend terrein kwam, een mijnenveld van gevoeligheden.
Deze foto is van drie jaar voor Singers dood, zei Specht.
Schepper keek naar de donkere jongen met de half opgestoken middelvinger, die nu onherroepelijk Singer heette en onherroepelijk vier jaar geleden gestorven was, en het was alsof hij de blik van de jongen indraaide, als water het onherroepelijke putje in van een bad.
Lachende mond, achterdochtige ogen.
Het was zo stil in het atelier geworden dat ik me afvroeg of schepper wel begreep wat er door Specht van hem gevraagd zou gaan worden. Ik begreep dat allang, ik merkte dat ik van lat tot lat strak werd van de spanning. Niets wist schepper van dit kind af en toch werd zijn bewustzijn plotseling volledig in beslag genomen door één enkele spiralende gedachte. Dat vertelde hij later aan Lidewij. *Iedereen die ik geschilderd heb gaat dood.* En op ieder schilderij zal eens deze blik geworpen worden, die ik nu op dit kiekje werp.
Waarom is hij dood, vroeg schepper ten slotte.
Hij besefte hoe vreemd zijn vraag klonk.
Wil je dat werkelijk weten, vroeg Specht.
Het was voor het eerst dat hij glimlachte.
Is het nodig om te weten waarom iemand gestorven is, vroeg

Specht. Ik bedoel, als jij Singer nu hier levend voor je had en je had de opdracht aanvaard om hem te portretteren, wilde je dan ook weten hoe hij aan zijn einde zou komen.

Schepper kreeg de indruk dat Specht dit deel van het gesprek zorgvuldig had voorbereid.

Dat klinkt als een verhaal van Borges, niet, de man die wist hoe zijn geportretteerden aan hun eind zouden komen...

De stilte die hij liet vallen was imposant.

Ik moet je bekennen, zei hij, dat ik eraan getwijfeld heb of ik degene die de opdracht krijgt überhaupt zou vertellen dat Singer dood is. Maar je zou gevraagd hebben waarom hij niet met me mee was gekomen.

Absoluut, zei schepper. Ik heb altijd alleen maar naar het leven gewerkt.

Dat weet ik, zei Specht. Je zegt het zelf in *Palazzo*: als het niet naar het leven is, is het naar niets. En dat is precies wat ik je ga vragen. Schilder mijn zoon. Maak hem levend. Vergeet zijn dood.

Ik kon zien dat de uitdrukking op Spechts gezicht nu smekend was geworden. Wat tot op dit moment de vermoeidheid van een zieke had geleken, scheen nu de uitputting van een hondsverdrietige. Er kroop een zweetdruppel over zijn slaap. Toch lukte het schepper nog niet om te zeggen dat hij de opdracht aannam.

Overweeg het, zei Specht. Er zijn meer foto's van Singer dan deze, er bestaat een video van hem, ik kan hem beschrijven.

Hij schoof het chequeboek naar zich toe, scheurde het bovenste velletje los en haalde de vulpen weer uit zijn binnenzak.

Geloof me, zei hij en elk woord klonk fluisterender. *Je redt er een leven mee.*

Schepper heeft, dat herinner ik me heel goed, gezwegen, geschokt als hij was door wat hij totaal niet kon plaatsen, omdat het lijnrecht tegenover het Hollywood-achtige, zelfbewuste

gebaar naar de cheque stond. Alle bloed leek uit Spechts gezicht te zijn weggetrokken.
Er is op de wereld geen liever mens geweest, zei hij.
Wat ik van je vraag, Felix, is Singer. Mijn kind.
Specht zette zijn handtekening.

Nadien, toen schepper Valéry Specht had uitgelaten en hij weer in het atelier stond, wist ik niet alleen dat hij de opdracht zou aannemen, maar ook dat ik degene was die bestemd was om Singer te dragen.
Of hoe zeg je dat.
Op mij zou de onbekende, dode jongen gedacht worden en tot leven geschilderd.
Vreemd, het leek wel alsof ik dit eerder wist dan schepper zelf, althans, die zei even later tegen Lidewij, toen zij het atelier was binnengekomen, alleen maar dat hij een van de pot gerukt verzoek had gekregen, een opdracht die geen normaal mens bij zijn volle verstand zou aannemen.
Maar hij had mij intussen naar het midden van de ruimte geschoven en tegen de ezel aangezet. Met een borsteltje had hij, hurkend, de houtskoolstreep weggepoetst. Het zag eruit als een huishoudelijke handeling, maar ik juichte inwendig, want ik wist heel zeker dat het een gebaar was. Hij was mij nu werkelijk aan het willen, maar hij wist dat nog niet.

Even daarvoor had hij de cheque in de lade van de grote tafel opgeborgen, tussen de potloodstompjes en de vlakgommen. En toen Lidewij binnenkwam om te horen hoe het gesprek was gegaan, heeft hij alles verteld – behalve van de cheque.
Dit ging vanzelf, zowel het wegbergen van de cheque als het mij te voorschijn schuiven. Hij zou zwijgen over de cheque en het bedrag, hij heeft de houtskool weggeveegd, het was allemaal niet iets wat hij speciaal van plan was geweest.
Ik vertel dit omdat schepper nadien de cheque enige malen uit

de lade gehaald heeft. Toen stond ik al op de ezel, en schepper was in zijn gewoonte vervallen om hardop in zichzelf te rijmen en te rekenen. Ik weet dus dat dit onmiskenbaar zijn ene, dwangmatige gedachte was: als ik hem verzilver, de cheque, dan –

Er volgde bar weinig op dan, behalve dan een ongrammaticale zin die eindigde op verpulver – waarna hij de cheque weer verstopte.

Het kan altijd nog, mompelde hij.

Eerst moet Specht het ding gezien hebben en aanvaard.

Lidewij luisterde aandachtig naar zijn verslag van het eerste gesprek met Specht.

Waren dat echt zijn woorden, vroeg ze – *of je wel eens naar de dood hebt gewerkt.*

Ze floot tussen haar tanden.

Schepper merkte hoe moeilijk het was om uit te leggen wat er zo vreemd aan Spechts verzoek was geweest.

En daarna zei Specht dat je er een leven mee redt.

Schepper knikte.

Stel je voor, zei Lidewij. Je zoon dood en je wil hem kunnen zien, je wil hem weer om je heen hebben. Wat een opgave, Felix. Wat een opgave.

Schepper had haar het weinige verteld wat Specht nog over Singer had gezegd – dat hij uit Afrika afkomstig was, een van die staten aan de westkant, schepper was de naam even vergeten, de staat was synoniem met chaos en wreedheid, Specht had daar een tijd gezeten, voor een zware klus, in een halve oorlogssituatie, een geweldige baggerklus, en aan het strand, vlak bij de *compound*, was hij gestruikeld over een jongen van een jaar of acht, letterlijk gestruikeld, het kind lag te slapen op het gazon van het appartement, het was in de tijd dat daar in dat land op het platteland kinderen werden geronseld voor een rebellenleger in het noorden, stel je voor, zo'n kind slapend op

het gazon, opent zijn ogen en wil je vertrouwen, stel je het toeval voor, maar wat is toeval op zo'n moment anders dan voorzienigheid, Singer zocht hém, Specht, niet Specht Singer, enfin – het was allemaal uiteindelijk volkomen legaal gegaan, met alle adoptiepapieren volkomen in orde, je wil niet weten wat voor rompslomp dat geeft en het had natuurlijk ook, zoals dat in die contreien gaat, het nodige gekost, niet alleen geld, maar ook, laten we het diplomatieke pressie noemen. Voor hem was het alles bij elkaar niets meer of minder dan een wonder geweest, dat het uiteindelijk toch gelukt was.
Had hij het over nog iemand, vroeg Lidewij.
Hoe bedoel je.
Adopteren, dat doe je toch meestal met iemand samen.
Dacht ik wel, zei schepper.
Heeft ze een naam.
Als ze al een ze is, zei schepper. Ik weet alleen maar dat ze in Antibes wonen. Specht en –
Zij, vroeg Lidewij. Zei hij zij.
Maakt het wat uit, vroeg schepper geïrriteerd.
Als je het mij vraagt wilden ze allebei zeggen dat het wat uitmaakte, of Specht met een man getrouwd was of met een vrouw, maar ze deden er eigenlijk alleen maar een beetje lacherig over.
Nee, zei Lidewij. Voor het schilderij maakt het niet uit. Of toch.
Ze vroeg schepper niet of hij de opdracht aannam. Wel keek ze naar de foto die op de grote tafel lag.
Kreta, zei schepper.
Lidewij bekeek de foto en werd stil.
Haar blik werd die van de jongen in gezogen, net als een halfuur eerder, in bijzijn van Specht, scheppers blik.
Hee jochie, zei ze zachtjes. Waar ben je.
Ze had geklonken alsof de jongen op de foto nog leefde. Alsof de foto een levend iemand was en antwoord kon geven.

Volgens mij is dat het moment geweest waarop schepper wist wat ik al wist: dat hij Singer zou maken.
Lidewij gaf schepper de foto terug.
Heb je zijn hand gezien, vroeg ze. Waar hij dat teken mee maakt. Hij heeft geen duim.
Schepper keek nog eens naar de jongen die Singer heette.
Nu je het zegt, zei hij.
Wat kunnen mensen toch verdwenen zijn, zei Lidewij. Hoorde je daarstraks die ganzen boven het huis. Honderden.
Ik weet zeker dat schepper toen dacht: ik maak hem.
Kijk naar Lidewij, dacht ik, kijk naar je vrouw, naar hoe de foto haar heeft geraakt, en maak iets wat haar net zo raakt. En Specht. En iedereen die een mens verloren heeft. Maak iets. Maak iemand. Van mij.

DRIE

Schepper besloot zoveel mogelijk precies zo te werk te gaan als wanneer hij een schilderij naar een levende maakte. Dat wil zeggen, hij sprak met Specht drie zittingen af. Tijdens die zaterdagse bijeenkomsten van telkens enkele uren, die met tussenpozen van twee weken plaats grepen, zouden ze praten over Singer, door albums met kiekjes bladeren en de video-opnames die er van hem gemaakt waren bekijken. Schepper maakte intussen schetsen, die hij Specht voorlegde – maar al snel wist hij dat gelijkenis niet het probleem zou zijn, net als wanneer hij naar het leven werkte. Het probleem was de blik, of beter: de aankijkende beweging, het kenmerkende gebaar. Schilderkunstig was Singer vooral vanwege zijn kleur voor schepper een uitdaging. Op zijn palet zouden nieuwe tinten verschijnen, dioxide-paars, karmijnrood, ultramarijn blauw, gebrande omber, caput mortem, cadmiumgeel. Schepper legde Specht uit dat huid het alfa en omega was van ieder ding dat hij onder handen had. Naar mijn dingen kijk je niet alleen met je ogen, maar ook met je vingertoppen, had hij in *Palazzo* tegen Minke Dupuis gezegd.

Hij zou al snel besluiten dat één speciale video-opname als uitgangspunt zou dienen, die waarop degene die de opname maakte 's morgens vroeg, of was het in de avondschemering, een kamer binnenkwam waarin, op een groot bed met groene, bijna turquoise lakens, een donkere, onderbelichte figuur lag te slapen, met zijn knokkels tegen zijn mond en zijn hoofd opzij, gewend naar het raam waarvan de luxaflex tijdens de opname langzaam werden opengedraaid, waardoor er een patroon van felle strijklichtstreepjes ontstond en Singer – want die was de roerloze, slapende gestalte – met zijn ogen zou zijn

gaan knipperen. Precies daar hield de opname op, vlak voor de blikwisseling met de camera zou plaatsgrijpen.
Het was moeilijk om Singers leeftijd op de video te schatten. Hij was naakt en, zo kwam het schepper voor, hoekiger dan op de foto met de blonde vriendjes. Als hij zestien was op de video, vroeg schepper aan Specht, hoe lang daarvóór was de foto dan gemaakt. Spechts geheugen leek op zulke punten onnauwkeurig. Schepper begreep dat hij zelf moest bepalen hoe oud Singer op zijn schilderij zou worden.
Dat groen van de lakens wordt op het randje, zei schepper, maar alles van waarde balanceert op de rand van kitsch. Hij wilde dat het rose van Singers lippen en nagels en handpalm van het schilderij af zou knallen. Hij zocht naar een Singer die kinderlijker, aanraakbaarder was dan op de video.
Toen schepper die video-opname zag wist hij op slag dat Singer zou liggen – en ik legde me neer bij mijn lot. Ik was nu eens en voor al een *liggend formaat*, maar het kon me niet echt schelen, want ik raakte volledig begoocheld door scheppers geconcentreerde blik wanneer hij soms voor mij kwam staan, zonder mij met een vinger aan te raken. Hij had dan Singer langdurig bekeken, zoals die meer dan levensgroot geprojecteerd was op een witte muur, met een beamer. Steeds liet hij de opname enkele beeldjes verspringen, uren achtereen, alsof na elke verspringing de ene glimp van Singer te zien zou zijn die schepper definitief aan het werk zou zetten. En dan maakte hij zich los van de projectie en keek hij met een verzadigde blik naar mij, als probeerde hij wat hij gezien had op mij te projecteren. Een keer heeft hij de beam zelfs op mij gericht, wat een ontstellende uitwerking op me had, niet alleen omdat het licht mij sterk verwarmde, maar ook omdat ik de sensatie kreeg in beweging te zijn, ofschoon Singer zelf alleen maar op mij lag te slapen. Het was een onzalig experiment, dat concludeerde schepper al snel, maar het deed mij beseffen hoe gelukkig ik mijzelf mocht prijzen dat ik niet als filmdoek ter wereld

ben gekomen. Ik zou het niet kunnen – alleen maar bestaan voorzover er licht op mij bewoog, daar moet je een halve heilige voor zijn.
Het was een zonovergoten tafereel, dat waar schepper zich op zou baseren. Je hoorde, als de opname werd afgespeeld, door het open raam waar de luxaflex voor hing, de stemmen van kinderen, dat was het strandje van Loutro, zei Specht, die scheepshoorn die je hoort, dat is de boot naar Chora Sfakion die drie maal daags vlak voor hun huis aanlegde.
Paradijselijk, had schepper gezegd, en Specht had vaagjes geglimlacht.
Gelukkiger zijn wij nooit geweest, zei hij.
Schepper probeerde te vragen hoe lang vóór Singers dood de opname nu precies was gemaakt.
Soms kreeg schepper de indruk dat de aanblik van de overleden jongen Specht te machtig werd, er parelden weer zweetdruppels langs zijn slapen en zijn hand klemde zich met spierwitte knokkels om de stok.
Schepper wees op de bovenarmen van Singer, op zijn zichtbare schouder en op zijn dijbeen – daar glinsterde iets, strandzand, veegjes wit goud.
Ja, nu zie ik het ook, zei Specht. Nooit opgevallen.
Huid, zei schepper, eigenlijk is een schilderij niets anders dan een huid aangebracht op een huid.
Het was duidelijk dat Specht zijn uiterste best deed om schepper te laten vergeten dat het om een dode ging en schepper ging in dat spel steeds beter mee. Er werd al snel nooit meer in de verleden tijd over de jongen gesproken. Dat is de grote bedoeling van deze onderneming, zei Specht. Als het mij lukt om Singer voor jou te laten leven, zal het zijn alsof jij naar het leven hebt gewerkt. Hoe kan Singer dan nog dood zijn.
Begrijp je, zei hij bij een andere gelegenheid. Als het jou lukt om mensen te laten geloven dat je Singer naar het leven hebt geschilderd – dan is het mij gelukt om hem voor jou te laten leven.

En hij zei ook: op deze manier is niemand dood.

Er werd met geen woord gesproken over de omstandigheden waaronder Singer gestorven was. Hoe minder je denkt aan zijn einde, des te levender wordt het. Zo levend als een Felix Vincent, zei Specht.

Meer dan dat het een ongeluk was geweest, kreeg schepper niet te horen.

Een dom ongeluk.

Op Kreta, vroeg hij.

Aan de beweging van Spechts linkerhand over de knop van de stok was goed te zien dat hij niet verder moest vragen.

Heeft Singer altijd geen duim gehad, vroeg hij een andere keer.

Niets ontgaat je, zei Specht.

Ook hier deed hij het zwijgen toe. Schepper kreeg de indruk dat Specht heel weinig wist van Singers leven voor zijn achtste, toen hij uit Sierra Leone naar Antibes was gekomen. Of gehaald. Singer sprak toen een beetje Frans, op zijn Afrikaans, en moet de taal van de stam gesproken hebben waar hij vandaan kwam, maar Specht was er, zei hij, nooit achter gekomen welke dat was. En in Zuid-Frankrijk was Singers Frans steeds Franser geworden.

Schepper vroeg naar Singers stem.

Terwijl hij aan het schetsen was geraakt, was hij zich steeds meer gaan realiseren hoe belangrijk onder normale omstandigheden de stem van de geportretteerde voor hem was. Niet dat hij precies kon zeggen wat het uitmaakte voor het beeld zelf, maar het bepaalde op een of andere manier zijn aandacht. Juist wanneer hij aan een schilderij doorwerkte, terwijl degene die zat al naar huis was, speelde de stem, de luidheid, het accent, de manier waarop iemand zichzelf onderbrak, zijn of haar stilte liet vallen, een grote rol. Kennelijk was schilderen toch de manier waarop schepper een denkbeeldig gesprek met iemand voerde.

Heb jij als kind met poppen gespeeld, vroeg Specht.
Zou dat het zijn, antwoordde schepper grinnikend. Heb ik het toen geleerd, portretten maken. En hij vertelde dat hij enig kind was en zo lang hij zich herinnerde één speciaal gezicht tekende, heel klunzig, maar dat was Tweliks. Zo had hij het gezicht genoemd en hij sprak daarmee, zeker tot zijn achtste, negende.
Nee, zei Specht tijdens datzelfde gesprek, of Singer een broer had, of een zus, dat weten we niet, ik vraag me af of hij in zijn leven ooit echt een spelend kind is geweest.
Schepper vertelde Specht op een dag ook van de blinde die hij een keer had geportretteerd, op verzoek van haar echtgenoot. Waarom vertel je me dit, vroeg Specht na afloop van het verhaal, dat eigenlijk geen pointe had, geen ander dan dat schepper tijdens de zittingen voortdurend in gesprek had moeten blijven met de blinde, om haar naar hem toegewend te houden. Het was een van zijn minste dingen geworden, ellendiger nog dan Cindy, zei hij. Daarom is dit, het ding van Singer, nu ook zo moeilijk. Omdat hij niet terugkijkt. Begrijp je, Valéry. Ik begin hem voor me te zien, ik geloof ook dat ik weet hoe ik hem precies neer ga leggen, op het doek, maar –
Schepper aarzelde, want hij begreep nu geloof ik wat er speciaal zo moeilijk was aan de opdracht.
De blinde was argeloos, zei hij tot Specht. Begrijp je, zij wist niet dat ik zocht naar iets, ze probeerde niets te verbergen, ze wist niet hoe ik keek – en daarom zag ik, op mijn beurt, eigenlijk ook niets. Niets speciaals schilderbaars, bedoel ik.
Specht knikte ernstig.
Je vindt iets, zei hij. Echt, daar geloof ik heilig in. Ineens heb je het en dan wordt Singer je meesterwerk. Alles wat het moeilijk maakt, zal het anders maken dan alles wat je tot op heden hebt gemaakt.
Specht zweeg terwijl schepper de video een paar seconden doorspoelde. Ik kon Specht niet goed zien, maar ik hoorde

hoe hij een fluisterende kreet slaakte, een steunende zucht. Schepper moet hetzelfde gehoord hebben als ik. Het was alsof hij *genade* kreunde. Of: *spaar me.* Echt te verstaan was het niet. Het heeft schepper aangegrepen, achteraf vertelde hij Lidewij dat hij nu wist dat beelden dodelijk konden zijn.
Hij zweette peentjes, zei hij. Ik dacht dat zijn hart brak.
Het is geen kinderspel, zei Lidewij. Het is ontiegelijk menens. Maar het wordt het mooiste wat je hebt gemaakt.
Mijn meesterwerk, zegt Specht. Hij weet hoe hij mij moet vleien, zei schepper.
Zo spraken ze terwijl ik nog niet eens in de imprimatuur stond.
Schepper zei, na een lange stilte, dat hij eigenlijk nu pas begreep waarom hij schilder was geworden. En hij zei dat het een *liggend ding* zou worden, met Singer in de houding van een ontwakende slaper, van top tot teen.
Naakt, dus, zei Lidewij.
Schepper had niet geantwoord, want dit was, begreep ik, precies de kwestie.

Lidewij heeft, net als ik in die periode, de video van de roerloze Singer nooit te zien gekregen. In zulke dingen waren ze idioot strikt, schepper en Lidewij. Al vóór de allereerste keer dat zij zijn atelier zou betreden heeft ze gezegd dat ze nooit iets van hem wilde zien wat niet af was. Geen schets, geen krabbel, niets. Als ik mee ga denken met wat je aan het maken bent, is het einde zoek. Ik heb zo al mijn handen vol aan wie je bent. Aan dit voornemen heeft ze zich met een rituele vastberadenheid gehouden. Ze kan scheppers atelier binnenkomen en staande voor het ding waar hij aan bezig is met hem praten zonder dat er ook maar iets van het beeld tot haar doordringt. En schepper weet dat dit zo is; hij heeft het volkomen afgeleerd om te denken dat zij, daar staande, iets van zijn werk ziet. Pas wanneer het af is en het ogenblik waarop de opdrachtgever het komt halen is daar, vraagt schepper aan Lidewij om *de punt achter het ding te zetten.* Zo noemt hij het. Voor hem is haar eerste blik op wat hij heeft gemaakt even beslissend als zijn eigen handtekening – die hij meestal meteen daarna zet.
Naakt, dus.
Schepper begreep heel goed wat het betekende dat Lidewij dit opperde. Singer naakt – het kon bijna niet anders, en toch moest ertoe besloten worden. Schepper was in de loop van de zittingen met Specht steeds duidelijker gaan beseffen dat de blik die hij altijd zocht en die hem bij elk schilderij weer aan het werk zette, dat die in de grond de *naakte blik* genoemd moest worden. Dat had Specht ook gezegd, in het begin, toen ze nog u zeiden. Ik bewonder de schuwheid van uw werk. Hij maakte toen een gebaar naar Jeanine.
Als van Singer die blik, die speciale schuwe onbeschermdheid

niet kon worden gevonden – moest dan niet zijn hele verschijning naakt zijn.
Specht zweeg toen schepper tijdens de laatste zitting het voorstel deed. Schepper schetste hoe groot het zou worden: twee meter breed, een meter twintig hoog, een zee van zee-blauwgroene lakens en kussens, een onzichtbaar raam rechts waardoor avondlijk strijklicht zou vallen... en Specht glimlachte.
Hier had hij heimelijk op gehoopt, zei hij, op meer dan een portret, maar hij had het nooit geopperd
Een twaalfjarig naakt, vroeg Specht.
Schepper knikte.
Daar is moed voor nodig, zei Specht, een naakt van twaalf.
Schepper keek hem vragend aan.
Onschuld is het allermoeilijkste, zei Specht. En het zeldzaamst. Het schandaligst dus ook.
Schepper had geloof ik op dat moment de vreemde sensatie dat Specht en Lidewij onder een hoedje speelden om hem aan het werk te krijgen – zozeer leken ze hetzelfde te bedoelen als ze, geheel onafhankelijk van elkaar, reageerden op zijn voornemens. En het was hem daarom te moede, soms, alsof de opdracht niet alleen van Specht kwam, maar ook van Lidewij. Alsof het niet alleen om Singer ging, die echt bestaan had en op video's en foto's te zien was, maar werkelijk om iemand die *nog niet* bestond.
Hij komt op een groene ondergrond, zei schepper op zeker moment. Een zee van plooien.
Een zee, zei Specht. Hij wende aan de gedachte.
Of bedoel je een schoot.
Voor het eerst van zijn leven begreep schepper dat hij, de fijnschilderende realist, iets fundamenteel anders zou doen dan werken naar het leven. Niet iets wat hij, als in een flits, had gezien zou hij vangen – maar hij moest beginnen aan iemand die op een fundamentele manier van elders gehaald zou moeten worden.

Zo zei hij het niet, schepper, woorden als *van elders* kwamen nooit over zijn lippen. Zijn manier om het onbekende terrein dat hij met Singer zou begaan te verwoorden was door te zeggen dat hij *met de billen bloot moest*.
Een schoot, dat is het woord, zei schepper. Een schoot van zee-groene plooien.

Toen Specht na de derde sessie afscheid nam, was schepper, als ik het goed zie, ongeveer zo koortsachtig als ik toen hij mij kwam ophalen uit Van Schendel. Specht had voor zijn afscheid ten overvloede voor het laatst gevraagd: dus ik begrijp dat je de opdracht echt hebt aanvaard.
En schepper had dit, evenzeer ten overvloede, beaamd.
Ze zaten weer aan de grote tafel.
Ik kan je nu alleen nog maar alle kracht toewensen, zei Specht.
Specht stak zijn hand in zijn binnenzak en liet hem daar vreemd lang hangen, alsof hij een geweldig moeilijke beslissing aan het nemen was.
Misschien heb je hier toch nog iets aan, zei hij en haalde een polaroid te voorschijn.
Zijn lange, benige hand trilde wapperend, het was alsof hij de beheersing over zijn spieren verloren was. Hij liet zijn stok los en hielp met zijn linkerhand zijn rechterhand. De stok viel kletterend op de grond. Schepper schoot overeind om hem op te rapen.
Even heerste er een klapwiekende consternatie in het atelier, alsof er een windstoot had huisgehouden.
Toen schepper weer zat lag de polaroid recht voor hem. Specht keek nauwlettend hoe hij keek.
Schepper kon een zucht van teleurstelling niet onderdrukken. Even had hij gehoopt op de blikwisseling met Singer. Maar er was op de polaroid weinig anders te zien dan op de video. Hetzelfde bed, dezelfde pose, Singer met ogen dicht. Het enige verschil was dat de lakenplooi die op de video Singers ge-

slacht bedekte nu enkele centimeters naar links geschoven leek, zonder Singer fundamenteel naakter te maken, dat zag schepper meteen.
Bedankt, zei hij. Alle beetjes helpen.
Specht schraapte zijn keel. Het kostte hem duidelijk moeite om te spreken.
Wanneer is mijn zoon klaar, vroeg hij.
Zonder nadenken zei schepper: met Pasen.
Pasen was over een maand of twee. Zo ruim nam hij het zelden.
Specht leek volledig hersteld. Hij keek op zijn horloge en vroeg of het dan goed was wanneer hij Singer op Stille Zaterdag zou komen halen.
Heet dat zo, vroeg schepper, Stille Zaterdag.
Eén ding, zei Specht, toen de afspraak gemaakt was. Het mag absoluut niet bekend worden dat jij deze opdracht hebt. Ook niet dat ik hem gegeven heb.
Schepper zei dat hij al tijdens de eerste ontmoeting gezegd had dat dit vanzelf sprak. Dit was helemaal niet waar, zoiets had hij nooit gezegd. Heel veel later zou hij tegen Lidewij zeggen dat hij niet begreep waarom hij zich zo gehaast had om Specht te laten weten dat hij begreep dat de opdracht totaal geheim was.
Geen ziel krijgt Singer te zien, begrepen.
Op dit moment kwam Lidewij de tuin ingelopen, met schaatsen, ze wilde het ijs op aan het eind van de tuin; even zwaaide ze naar schepper en Specht.
Behalve Lidewij dan toch, zei schepper.
Als het niet anders kan, zei Specht. Maar verder: geen ziel. En het materiaal, de video's, de foto's – niemand krijgt het onder ogen. En er wordt ook geen foto van hem gemaakt als hij af is. Geen enkele.
Hij was gaan klinken als de captain of industry die hij, met zijn uitgemergelde, ziekelijke verschijning de afgelopen weken zo helemaal niet was geweest.

Geen foto, geen polaroid, niets.
Schepper wist niet of hij kwaad had moeten zijn, of had moeten lachen, vertelde hij achteraf aan Lidewij. Het was allemaal eigenlijk ook nogal pathetisch, dat laatste ogenblik voor Spechts afscheid, toen hij zijn mobiele telefoontje had gepakt om zijn chauffeur en de donkere, rokende jongen, die maar enkele tientallen meters verderop aan het wachten waren bij de terreinwagen, te waarschuwen dat hij eraan kwam.
Het ontbrak er nog maar aan, zei schepper, dat hij had gezegd: als iemand Singer ziet, verander je in een tube verf.

Toen de wagen de tuin uit gereden was en in het bos verdwenen, besefte schepper dat het geld niet meer ter sprake was gekomen.
Ik zag hem naar de lade lopen om te kijken of de cheque er nog lag. Hij bleef in het winterlicht van zijn atelier staan luisteren tot het geluid van Spechts wagen was opgelost in het bos rond Nimmerdor. Al die tijd had hij zijn blik op mij gevestigd – maar ik geloof niet dat hij mij zag.

Wat het werkelijk betekent om drager te zijn besefte ik pas toen ik in de imprimatuur stond. Er verschijnt iets op je, maar je krijgt het niet te zien. Daar komt het op neer. Steeds detaillerender blikken vang je, steeds minder begrijp je van je zelf.
Natuurlijk, het is een onbeschrijflijke ervaring om voor het eerst bestreken te worden, aanvankelijk door de brede, platte kwast waarmee de imprimatuur wordt aangebracht, in dit speciale geval: rauwe omber; en daarna, enkele droogdagen later, door het spitse, vliegensvlugge penseeltje dat de omtrek van de voorstelling op je aanbrengt, met schetsende, zichzelf corrigerende bewegingen; en dan, vele weken lang, door de talloze, steeds in dikte en scherpte variërende penselen die langzaam maar zeker dat aan het gezicht onttrekken wat je tot die tijd bent geweest: het doek – maar hoe olie-achtig, prikkelend de scheppingsperiode ook is, het doet je allemaal ook steeds schrijnender weten dat je van je eigen bestaan de grote onbekende zult worden.
Nu ik er echt over nadenk, vond ik het boven alles een hersenloze periode, hoe zinnelijk en zinderend het soms ook kon zijn om de verf te voelen opdrogen op mijn huid. Schepper deed niet anders dan neuriën, mompelen, koffiedrinken, een paar stappen achteruit zetten, op zijn lippen bijten, tussen zijn tanden sissen, zijn rechterpink in zijn neus steken, kijken wat hij te voorschijn had gepeuterd, weer naar mij kijken, een tube opduwen, naar het raam lopen, naar de tafel slenteren, de polaroid bekijken, weer op mij af benen, zijn ogen samenknijpen, een veegje zetten... Hij was, vond ik, op zijn onappetijtelijkst, ik kreeg sterk de indruk dat hij zich om zo te zeggen volkomen onbespied waande, hij was een en al gekijk geworden, niet

alleen naar wat hij aan het maken was, maar vooral naar niks, een beter woord heb ik er niet voor, ik vond dat hij heel vaak naar niks staarde, met een lege, om niet te zeggen dode blik, naar de tuin, waar het was gaan dooien, naar de nagelriemen van zijn duim, naar een detail op mij dat hij kennelijk af had. Lidewij was er niet, die was een paar weken met een vriendin naar de wintersport, dus van haar had ik ook niets te verwachten, nog even afgezien van dat zij, tegenover mij staande, zo lang ik niet af was ongetwijfeld haar voorgenomen nietziende blik zou hebben geworpen. Ik vorderde, dat is alles wat ik ervan kan zeggen, ik ontstond. En ik had sterk het gevoel dat scheppers koortsachtige werkdrift ook te maken had met Lidewij's afwezigheid. Hij was iemand die niet goed in een helemaal leeg huis alleen kon zijn, maar als hij het toch was, dan maakte zich krachten in hem los, een gulzige onrust die maar niet ophield.
Eigenlijk alleen toen schepper op een plek in het midden, ongeveer een centimeter of twintig links van mijn midden, uitkwam, las ik iets van een scheppersspanning van hem af, ik bedoel: leek hij op de schepper zoals ik mij die had voorgesteld en zag ik dat het werkelijk moeilijk en spannend was om te schilderen. Hij schilderde een kwartier lang met de schele aandacht van iemand die een bom demonteert. Welbeschouwd was dit het enige ogenblik waarop ik dacht: ik word iets bijzonders.

Op een dag was ik af.
Althans, dat moest ik concluderen uit het feit dat schepper het atelier binnenkwam en niet een penseel uitkoos, niet het driehoekige stuk spaanplaat dat hij bij wijze van palet gebruikte ter hand nam, niet een tube verf uitkneep. Hij ging alleen maar voor me staan en keek.
Zo, zo, zei hij.
Dat valt mee, zei hij ook, en: Goeree Overflakkee. En: nou, nou, die kan er wat van.
Hij stapte naar voren en boog voorover, naar de plek in mijn midden en begon te neuriën.
Daar is niks mis mee, mompelde hij tegen zichzelf.
Ik had het gevoel dat hij niet naar iets van zichzelf keek, maar naar iets nieuws, dat toevallig in zijn atelier was neergezet.
Knap werk, zei hij hardop. Verdomd knap werk.
Hij deed een grote pas opzij en boog weer voorover. Hier bevond zich het gezicht van Singer, dat wist ik, want soms had ik schepper horen vloeken, daar, omdat het zo verdomde moeilijk was, zo'n platte neus, het moet niet Kuifje in Afrika worden.
Hij keek op de opwindwekker die op een kist ergens in het atelier stond. Het was vier uur 's middags. Ik hoorde de autosleutels rinkelen in zijn linkerhand. Nu pas zag ik dat hij andere kleren aan had, alleen aan zijn schoenen kon je zien dat hij schilder was.
Wat dacht je, zei hij plotseling hardop tegen mij. Ben je zover.
Ik begreep wat hij bedoelde.
Ben ik af?

Het was, ik kan het niet anders zeggen, een splijtend moment. Niet voor schepper – maar voor mij. Hij had zich wel vaker rechtstreeks tot mij gericht, met een vraag waar hij het antwoord al op kende. Maar ditmaal was het alsof de vraag niet meer aan mij gesteld werd, maar aan een ander. Aan degene die op mij terecht was gekomen. Aan Singer. Van wie ik maar moest aannemen dat hij het was die er op mij was. Ik merk hoe hulpeloos mijn zinnen worden, mijn grammatica is niet goed bestand tegen mijn geschiedenis. Schepper sprak, als hij tot mij sprak, niet langer meer tot mij. Maar tot Singer. Maar wie was ik als ik Singer was?

O, Van Schendel, wie was ik als ik Singer was?

Zet je schrap, zei schepper. Straks komt Lidewij van de alpenwei en dan krijgt ze je te zien, holadiejij.

Hij knipoogde.

Zo kinderlijk en welgemutst had ik hem niet vaak meegemaakt.

Sterkte, zei hij, en verdween, rammelend met de autosleutel.

Nimmerdor was, zonder Lidewij, doodstil geweest. Singer was in stilte ontstaan, als het ware ondergronds. Schepper had wekenlang niemand gezien of gesproken, geen telefoon opgenomen, geen enkele blik op zich gevestigd geweten.

Het was alsof ik iets verschrikkelijks was geworden – anders kan ik het niet zeggen.

Ik weet niet hoe ik aan dit idee kwam, want de laatste blik die schepper op mij had geworpen voor hij Lidewij van Schiphol ging afhalen, was monter geweest. Uitgelaten. En toch voelde ik me in de anderhalf uur die mij scheidde van Lidewij's weerkeer als was ik iemand die bijkomt uit een coma en voor het eerst zal zien hoe er op zijn mismaakte, verbrande gezicht wordt gereageerd. Vraag me niet hoe ik bij deze afgrijselijke gedachte kwam – wat wist ik van mismaaktheid af, ik die alleen vanuit mijn uiterste linkerooghoek heel soms de televisie, die in de belendende kamer stond, had kunnen zien bewegen? Van rampen en vuurzeeën wist ik alleen voorzover er tijdens journaals en actualiteitenrubrieken sprake van was geweest. Ik schrok van de kracht waarmee ik plotseling zeker wist dat ik een verbrand gezicht had – het was alsof ik een geheugen had dat niet het mijne was.

Schepper was er niet bij toen Lidewij de serre betrad. Het liep tegen zessen. Hij had haar ski's naar de schuur gebracht en daarna haar koffer naar de bovenverdieping waar de wasmachine stond. Hij wilde klaarblijkelijk dat Lidewij om te beginnen met mij alleen was.

Curieus genoeg liep ze, toen ze binnenkwam, helemaal niet op mij af. Ze beende integendeel naar de uiterste linkerhoek van de serre en trok daar aan de luxaflex die enigszins scheefgezakt voor het uiterste raamdeel hing.

Het was een bewolkte dag geweest, maar in de loop van de middag was het gaan waaien en nu joegen er langgerekte, maartse wolken langs de hemel. Er waren, zo leek het, evenveel wolken als plekken blauwe hemel.

Precies op het moment waarop de luxaflex het raam vrij maakte schoof er een wolk voor de zon vandaan en viel er een bijna horizontale baan licht het atelier in. Het was alsof hij vlak boven mijn rechterhoek scheerde; even begreep ik hoe het moet zijn om je ogen dicht te knijpen voor te fel licht.

Lidewij draaide zich om en lachte.

Ze keek niet naar mij, maar ze keek, zo leek het, de lichtstraal achterna, die rechts schuin boven of naast mij de zijmuur van de serre verlichtte.

Ze stond in tegenlicht, voor mij was ze een zwarte plek met overbelichte randen.

Zo bleef ze staan terwijl achter haar de zon in de kruinen van het berkenbosje zakte dat de tuin daar omzoomt. Het duurde nog geen minuut. Toen pas kwam ze op mij af en werd ze Lidewij. Bruinverbrande, blonde, wintersportse Lidewij, met haar appelgroene sjaal en haar rode lippen – de eerste was zij die mij zou zien. Ik dacht op dat moment, geloof ik, niet aan de belofte die schepper aan Specht had gedaan – mij niemand te tonen, *geen ziel op aarde krijgt Singer te zien.*

Zo keek ze me aan, Lidewij, wat zeggen wil: keek ze degene aan die op mij was ontstaan gedurende de voorafgaande weken en diezelfde, de eindelijk aangekekene, sloeg – zo was het mij te moede – zijn ogen op en zag haar.

Ik had al meteen na de imprimatuur, meteen toen schepper de omtrek van Singer op mij schetste, begrepen waar ongeveer mijn gezicht zou komen. En later, toen hij urenlang in hetzelfde gebied met een kriebelend, onzegbaar fijn penseel aan twee niet ver van elkaar gelegen plekken had gewerkt, wist ik dat daar mijn ogen waren – maar wat wist ik? Of ze geloken waren, of halfopen, of gesperd, geen idee. Maar nu, nu Lidewij, na een flitsende blik, waarin ze mij in haar geheel in zich opgenomen leek te hebben, haar ogen liet trekken naar de plekken waar ik wist dat mijn ogen waren, werd ik, zo wilde ik denken, voor het eerst werkelijk aangekeken.

Vreemd, hoe kort de blikwisseling duurde.

Had ik verwacht dat zij minutenlang in mijn blik zou verzinken, als een verliefde, als een jonge moeder in haar kind?

Het was helemaal niet alsof er iets gewisseld werd.

Er was, bemerkte ik tot mijn ontsteltenis, helemaal geen sprake van ogen die ogen zochten.

Dit bracht mij zo in verwarring, dat ik het gebaar dat zij vervolgens maakte niet heb zien ontstaan.

Haar blik was, in de onpeilbaar korte tijdsspanne na de onbegrijpelijke blikwisseling, naar links gegleden, weg van mijn gezicht, naar de plek twintig centimeter links van mijn midden – daar waar schepper, gedurende de laatste twee dagen voor Lidewij's terugkeer, even geconcentreerd en gespitst aan had staan werken als aan mijn ogen. En voor ik wist wat mij overkwam had Lidewij een stap in mijn richting gezet en raakte ze me aan.

Daar.
Onwillekeurig, zoals iemand van een pasgeborene de fontanel aanraakt.
Dat zei ze even later, toen schepper het atelier was binnengekomen, zij gebruikte het woord fontanel, dat ik voor het eerst van mijn leven hoorde. Schepper glimlachte toen hij haar dat woord hoorde zeggen, ik merkte op dat hij zijn rechterhand even onwillekeurig naar zijn kruis liet glijden.
Ik heb het niet gevoeld. Ik bedoel: Lidewij had mij al aangeraakt en weer losgelaten voor ik besefte wat er gebeurde. Ze keek, geschrokken leek het wel, naar de toppen van haar wijs- en middelvinger, maar ik had niet afgegeven.
Ze stapte achteruit en zuchtte.
Daarna veegde ze, met de vingertoppen die mij hadden aangeraakt, langs de hoek van haar rechteroog.
Felix, vroeg ze.
Ze had niet achterom gekeken en toch was schepper het atelier al binnengekomen en stond hij achter haar, om met haar mee te kijken.
Felix, kom! zei ze. Moet je zien.
Raadselwoorden. Ze wist toch dat hij mij geschapen had? Toch zei ze: Felix, kom, – alsof ze mij aan hem wilde laten zien.
Moet je zien.
Ze draaide zich om en legde haar hoofd tegen zijn borst, alsof ze zijn hart wilde horen kloppen.
Het was aan het donkeren.
Ik zag dat schepper over haar hoofd naar mij keek, als wilde hij met haar blik kijken.
Wie is hij, Felix, vroeg ze.
Dat vroeg ze. En toen ze geen antwoord kreeg, vroeg ze het nog een keer, maar in andere bewoordingen.
Aan wie moest je denken, Felix, toen je hem maakte.
Schepper maakte zich van haar los en mompelde aan niemand.

Ze pakte zijn hoofd, met beide handen. Hij beantwoordde het gebaar door haar schouders naar zich toe trekken.
Ik heb je gemist, zei Lidewij. Kom, alsjeblieft.
Ze spraken geen woord meer maar verdwenen naar rechts, het atelier uit. Ik hoorde hun voeten roffelen op de trap, naar boven. Boven was de wasmachine al aan het draaien. En hun schoenen hoorde ik, hoe die boven op de slaapkamer werden uitgeschopt.
Dat het een traan was, die ze had weggeveegd, met haar vingertoppen, Lidewij, dat wist ik zeker.

Aan wie moest je denken, Felix, toen je hem maakte.
Dat had ze gevraagd en toen ze een halfuur later weer het atelier in kwamen, zij in haar rode kamerjas en op appelgroene gympen, hij met shirt uit zijn broek en op sokken, vroeg ze het nog een keer.
Schepper begreep dat Lidewij nu geen genoegen zou nemen met gemompel. Hij hield van haar, geloof ik, omdat ze hem vragen kon stellen waarop hij antwoord moest geven, al wist hij nog niet welk.
Maakt het uit, vroeg hij.
Je moet aan iemand speciaal gedacht hebben, zei ze. Niet alleen aan Singer. Dat kan niet anders.
Rare vraag, zei hij. Stel je die ook aan de vader van een pasgeborene.
Ja, zei ze. Juist. Volgens mij is het een ontzettend goede vraag. Aan wie denk je als je een kind maakt.
Ze had haar arm om zijn middel geslagen en hij een arm om haar schouder. Ze sloot haar ogen en liet zich een voor een op allebei haar oogleden kussen. Schepper wist wat haar antwoord zou zijn en toch stelde hij haar haar vraag.
Aan wie heb jij dan gedacht, daarnet, boven.
Mamma, zei ze. Als ik zojuist, boven, aan iemand gedacht heb, dan zeker ergens ook aan mamma.

Ze zweeg even en keek mij toen aan. Mijn gezicht, bedoel ik. En aan hem, zei ze. Ik zag steeds maar Singer.
Boven begon de wasmachine te centrifugeren en zette het hele huis in een trilling.
Ze wist dat er van schepper op dit moment geen antwoord meer zou komen, geen ander dan een omhelzing. En eigenlijk weet ik zelf niet of het voor mijn geschiedenis van belang is – wie er toen hij aan mij werkte door zijn hoofd heeft gespookt. Ik bedoel, wat maakt het uit als we te horen zouden krijgen dat Leonardo da Vinci tijdens het maken van de Mona Lisa voortdurend aan Tjitske Takema heeft gedacht?

Toch wilde schepper het antwoord geven. En later, toen Lidewij over tijd begon te zijn en zelfs een predictor had gekocht, die ze vervolgens ostentatief niet gebruikte, omdat ze, zei ze, al lang wist dat het raak was, zo godsgruwelijk raak, Felix, er bestáát niet eens een kleur die zoiets zou kunnen aangeven – toen vertelde schepper van Tijn.

Even tevoren had Lidewij hem gevraagd of zij niet de polaroid moest maken, van mij. Dat was, traditiegetrouw, haar werk. Als iets klaar was en zij had *de punt achter het ding gezet* door er als eerste naar te kijken, dan maakte zij er de foto van die in het archief ging.

Hoeft niet, heb ik al gedaan, zei schepper.

Dat was waar en het was een wonderlijk moment geweest – schepper, kijkend door een fototoestel, naar mij, met de bedoeling om mij op een andere drager terecht te laten komen. Want zoveel had ik ervan begrepen: de beeltenis die ik geworden was kon met behulp van een apparaat ergens anders terechtkomen, met alles erop en eraan, *maar op een ander formaat.* Dat ging per flits, uit het apparaat kwam een oogwenksnelle explosie van licht die me even de sensatie bezorgde onzichtbaar gemaakt te worden, als werd ik in mijn geheel opgeslokt door het licht. Gedurende deze oogwenk dacht ik: nu ben ik weer een leeg doek. Maar zo was het niet. Uit het toestel kwam een kleine drager geschoven en na een minuutje wachten kwam ik daarop te voorschijn, terwijl schepper het velletje tegen zijn rechtermouw wreef. Niet dat ik mijzelf te zien kreeg. Dat ik daar was, op de polaroid, dat maakte ik op uit de vergelijkende blik die schepper wierp – van de polaroid naar mij en weer terug. Wat schepper zag stelde hem tevreden. Hij

stopte de polaroid weg in de lade van de grote tafel, waar ook de cheque lag en de potloodstompjes. Rare, zeurende leegte had ik gevoeld, alsof mij iets was afgenomen.
Denk niet dat ik de sensatie had verdubbeld te zijn, of opnieuw geboren. Ik vergat de polaroid eerlijk gezegd al snel, maar later zou op de Vaticaanse kalender een schilderij met daarop de Lijkwade te zien zijn. Het kostte me moeite om me bij dat woord een voorstelling te maken, maar Lidewij legde uit dat iemand lang geleden een doek had gedrukt tegen het gelaat van een onvergetelijke stervende, of pasgestorvene. Eeuwen later hadden mensen ontdekt dat het gezicht nog altijd op de doek te zien was. Het was alsof de dode opnieuw bestond. Of nog altijd. Ik merkte dat Lidewij aan haar moeder dacht, en dat klopte, want even later zei ze dat ze het laatste glas water dat haar moeder gedronken had nooit had afgewassen en in een kast bewaard. Daar staan haar lippen op afgedrukt, zei ze, en daarom is dat glas mamma.
Bij wijze van spreken, zei schepper.
Nee, zei Lidewij, vreemd heftig. Helemaal niet bij wijze van spreken. Het glas is nog meer mamma's mond dan toen haar mond bestond.
Ze zaten allebei in een tuinstoel rechts tegen de serremuur, om in de baan zonlicht te zitten die inmiddels alweer een kwartier achter elkaar het atelier binnenscheen, elke middag tegen zes uur. Sinds eergisteren werd ook mijn uiterste rechterbovenrand beschenen. Ze keken de tuin in, als het ware samen met mij. Het was zondag, de zondag die volgens de vreemde kalender *Palmpasen* werd genoemd. Lidewij had schepper een kindertijdherinnering verteld, aan lopen naar het sanatorium, verderop in het bos rond Nimmerdor. Dat hadden ze in haar jeugd met Palmpasen gedaan, vanuit de lagere school aan de rand van het dorp, met versierde bamboekruisen met een broodje in de vorm van een haantje erop. Alle kinderen van de vijfde en de zesde klas deden dat. Waarom op Palmpasen,

waarom deden we iets wat we niet begrepen. We liepen met onze kruisen langs allemaal bedden met bleke, doezelende kinderen, we zongen een ei is geen ei, de kinderen waren naar buiten gereden naar een terras, de zon was nog hartstikke winters en wij liepen daar zingend langs met onze Palmpasenkruisen, begrijp jij dat, Felix, wat was dat dan voor feest.
Maar schepper wist het ook niet. Ze zullen het wel niet meer doen tegenwoordig, zei hij, het sanatorium is nu van Procter Poldermol, Fok Duivenmelk wil er gaan wonen, tuberculose bestaat überhaupt niet meer in het vrije Westen, zulke dingen zijn nergens meer voor nodig.
Volgende week wordt hij opgehaald, zei hij plotseling. Hij gebaarde met zijn kin naar mij.
Dat is ook zo, zei Lidewij.
En eigenlijk zonder overgang vertelde schepper van Tijn.
Hij bleef de tuin in kijken, waar de zon tussen de berkenstammen zakte, ze werden steeds zwarter, de stammen in het tegenlicht. Lidewij was zo gaan verzitten dat ze mij kon zien, van opzij. Het was alsof scheppers woorden mij verhelderden en eens temeer besefte ik de absurde eenzijdigheid van mijn bestaan. Ze hadden het over mij, over niets dan mij, en toch zou ik nooit weten over wie ze het hadden.
Hoe krijgt een creatuur als ik zichzelf ooit te zien? Ik was voor mijzelf even onkenbaar als voor een pasgeborene z'n ziel; ik moest, begreep ik soms, mijzelf zelfs afvragen óf er wel zoiets bestond als ik. Of mijzelf. Of hoe noemen we haar, of hem. Of het. Datgene wat in een enkele bliksemende oogopslag gezien kan worden door ieder ander dan door onszelf. Ons gelaat.

Toen ik aan Singer begon, vertelde schepper, had ik al minstens vijftien jaar geen seconde meer aan Tijn gedacht. Maar eigenlijk al de eerste dag, ik bedoel, na de imprimatuur, toen ik hem ging opzetten, zijn omtrek, om te zien hoe hij in het vlak

zou komen te liggen, Singer bedoel ik, toen besefte ik dat zijn geslacht precies in het midden zou uitkomen. Nu ja, twintig centimeter rechts uit het midden, optisch zou dat het centrum van het ding worden. En ik wist dat ik daar of het allereerst aan zou beginnen, of het allerlaatst. Het werd het allerlaatst, twee dagen voor je terug bent gekomen van wintersport. Dat wist ik *ook* meteen, welbeschouwd kun je wel zeggen dat ik het moeilijkste voor me uit ben gaan schuiven, zoals altijd, terwijl ik natuurlijk nog helemaal niet begreep wáárom het zo moeilijk zou zijn, een jongenspiemel is niet moeilijk, er zijn er legio, ik had naar honderden Griekse beelden kunnen werken en naar nog meer renaissance-dingen, en als ik me werkelijk nog eens heel terdege had willen vergewissen, dan zou ik jouw zus om de vakantiekiekjes van haar kinderen hebben kunnen vragen, Annelies fotografeert de tweeling altijd op het strand. En dat Singer zwart is, dat was ook niet echt het probleem, dat heb je zelf kunnen constateren, en trouwens, op de keper beschouwd wist ik nog helemaal niet hoeveel er te zien zou zijn, er was altijd nog de lakenplooi waarmee ik, als het te te werd, het zaakje eventueel kon redden, enfin – je hoort het al, ik was in de problemen aan het raken, want ik stelde Singers midden uit omdát er iets mee was wat ik lastig vond, niet technisch, maar – ja, wat, eigenlijk begreep ik het niet, het werd me steeds duidelijker dat het midden van het ding even belangrijk voor me was als anders de blik is, al moet je die ook niet onderschatten, het was ontzaggelijk moeilijk om Singers oogopslag zo te krijgen als die geworden is – zo, hoe zeg ik het –
Zo net niet kijkend, zei Lidewij.
Dat hoop ik dus, zei schepper, dat het dat geworden is. Net niet kijkend. Of net wel kijkend. Maar toen dat ongeveer was gelukt, toen kwam dus de dag dat ik aan het midden moest beginnen, terwijl alles al helemaal af was – en toen, in een flits, wist ik wat ik, meteen tijdens het opzetten drie weken eerder, eigenlijk al meteen had geweten –

Schepper onderbrak zichzelf. Hij is helemaal geen verteller, ik merkte dat hij zichzelf hopeloos overdreven vond zijn, fuck psychologie wilde hij zeggen.
Bestaat die Tijn nog, vroeg Lidewij, na een lange stilte.
Het was voor het eerst dat ze de naam had horen vallen, tien minuten tevoren, en terwijl zij hem uitsprak was het alsof ze scheppers lippen aanraakte.
Ik ben hem kwijtgeraakt en hij mij, zei schepper. Al lang geleden. Er valt eigenlijk niets te vertellen.
O nee, vroeg Lidewij. Waarom ben je dan begonnen met vertellen.
Het is niet wat je denkt, zei schepper. Het is niet na te vertellen.
Als je iemand kwijt bent, zei Lidewij, en je moet toch aan hem denken, dan is dat altijd de moeite van het vertellen waard.
Terwijl ze dit zei keek ze naar mij en glimlachte. Haar blik had even op mijn midden gerust, haar mond was gaan glimlachen en toen had ze me aangekeken, mijn ogen waar ik nu van wist dat ze net niet keken. Of net wel. En ze had geknipoogd.
Schepper had dit niet gezien, hij broedde nog altijd op zijn verhaal en staarde richting berkenbosje waarachter de zon nu gloeide als in een braambos een vuurtje.
We waren onafscheidelijk, zei schepper, ik en Tijn, gedurende de eerste twee jaren van de middelbare school. We hadden elkaar meteen de eerste middag gevonden, van de eerste schooldag, tijdens het overblijven, we zagen meteen van elkaar dat we allebei de enigen waren die niet automatisch aan een tafeltje met bekenden terechtkwamen en Tijn bracht mij, meteen al die eerste middag na de laatste les, naar huis, zoals dat gaat op die leeftijd, je fietst een eindje mee, tot je naar rechts kunt om naar je eigen huis te gaan en dan neem je nog een stuk, tot je weer naar rechts kunt, en omdat je zo ontzettend aan het praten bent en aan het luisteren beland je bij het huis van de ander en daar besluit je samen je huiswerk te doen en mag je

blijven eten en dan ga je eindelijk naar huis, na het acht uur journaal en dan fietst de ander een eindje met je mee, de augustusavond door en telkens wanneer hij naar links kan om terug te gaan, fietst hij verder mee, tot het volgende terugkeerpunt – en dan, ergens precies halverwege, is de ware afscheidsplek, daar moet de grote knoop worden doorgehakt, de streng van de pas begonnen vriendschap – en daar blijf je allebei staan tot het echt niet langer kan, de duisternis valt, er worden ouders ongerust, ze bellen elkaar... daar op het halverweegste punt ben je echt samen en los van alles en iedereen... Maar, Lidewij, je moet wel beseffen dat Tijn een vol uur fietsen van school woonde en ik ook een vol uur, maar dan de andere kant op, ik naar het westen, Tijn naar het oosten, en dat wij vervolgens een vol uur van elkaar vandaan woonden, begrijp je, onze vriendschap was volmaakt gelijkbenig, en de volgende dag fietste ik natuurlijk met Tijn mee en maakte ik het huiswerk bij hem, en ik mocht blijven eten, en ik liet me door hem een eind naar huis brengen, tot precies halverwege het eindeloze fietspad dat precies op de grens van de provincie Utrecht en de provincie Noord-Holland mijn huis verbond met dat van Tijn, in Hollandse Rading.

Ik vertel je dit om duidelijk te maken wat voor vrienden we waren. We wilden precies hetzelfde zijn. We haalden dezelfde cijfers, we brachten dezelfde uren in elkaars bijzijn door, we praatten onafgebroken, net als jij en ik als we niet alleen zijn, en we wilden allebei het liefst tekenen. Er was één verschil. En dat was dat Tijn na bijna twee jaren, op de plek halverwege onze beide huizen, op de grens van Utrecht en Noord-Holland, op een avond in mei plotseling vroeg of ik hem wilde zien.

Zei hij dat zo, vroeg Lidewij, toen het leek alsof het verhaal hier geëindigd zou zijn. Wil je mij zien.

Schepper knikte.

Je moet begrijpen, zei hij, dat Tijn de allerverlegenste jongen ter wereld was.

Daar verschilden jullie dus ook in, zei Lidewij.
Niet echt, zei schepper. Maar ik heb ermee leren leven, dankzij het tekenen. Niet dat Tijn minder goed tekende dan ik, maar hij tekende nooit echt naar het leven en al helemaal nooit mensen. Hij tekende liefst bankbiljetten. Die ontwierp hij de hele dag door, Niet te Vervalsen Bankbiljetten. En toen vroeg hij dus plotseling op een avond in mei, om negen uur 's avonds, op het halverweegste punt, of ik hem wilde zien.
Schepper liet een stilte vallen.
Als ik me goed herinner zaten we met onze ruggen tegen een boom in de ondergaande zon, een beetje zoals wij nu hier, de zon stond net boven de bosrand van kasteel Groeneveld, want daar was onze plek, aan een weitje achter het kasteel, met volgens mij twee blonde fjordenpaarden erop die op dat moment bij elkaars achterhoeven aan het grazen waren. Dat wil zeggen, ik zat nog en Tijn was opgestaan en ik deed mijn uiterste best om niet opzij te kijken, want ik had gemerkt dat hij zijn broek had laten zakken. Ik bleef zo recht mogelijk voor me uit turen, richting zon, richting boomstammen en ik merkte hoe Tijn met zijn broek op zijn hielen begon te hopsen om voor me te kunnen gaan staan. Volgens mij ben ik opgestaan. Ik wilde niet kijken. Het was alsof ik mijn ogen zou schroeien. Vermoedde ik wat ik te zien zou krijgen? Op dat moment hoorde ik achter de bosrand waar de zon in zakte de spoorwegovergang rinkelen. Ik wilde alleen nog maar mijn fiets pakken en terwijl ik met mijn blik de boom zocht waartegen onze fietsen stonden – de boom waarin we twee jaar geleden onze namen hadden gekerfd – vonden onze ogen elkaar. Ik moet zijn blik gezien hebben, zoals die was, want hij is me altijd bijgebleven, ik denk wel eens dat ik aan dat ogenblik mijn blikkengeheugen te danken heb... en het was Tijns blik waar ik ten slotte toen ik aan Singer werkte aan heb gedacht, begrijp je... en dat is meteen ook het antwoord op je vraag. Ik heb aan Tijn gedacht, aan niets dan Tijn, toen ik Singer probeerde te vangen.

Pas nu maakte Lidewij haar blik los van mijn gezicht. Haar glimlach was verdwenen, maar haar mond was zo rustig geworden als een windstille vijver. Haar ogen zochten mijn midden. Ze sloot ze en zuchtte. Daarna pakte ze scheppers hand.

Ik dacht aan Tijn, alle weken dat ik aan Singer heb gewerkt, zei schepper, en ik dacht aan dat ik zonder iets te zeggen naar huis ben gefietst. En aan dat ik de volgende dag, toen het mijn beurt was om vanuit school met hem mee te fietsen, niet eens een excuus heb bedacht om niet met hem mee te gaan. En de dag daarna, en de dag daarna, net zo lang tot het vanzelf sprak dat we elkaar niet meer zouden wegbrengen.

Lidewij kuste de hand die ze vasthield.

Hee jochie, zei ze. Waar ben je.

Ik wist dat ze Tijn bedoelde. Tijn. En mij. En, geloof ik, Felix. En ze moet hetzelfde gedacht hebben als ik: het verhaal is nog niet verteld. Er komt nog iets.

Schepper vocht tegen een onverklaarbare woede, althans dat meende ik te merken.

Hij keek vreemd boos weg van Lidewij en zocht mij met zijn ogen, alsof ik hem kon helpen. Ik, wat linnen, wat verf en zes latten van zes.

Schepper had zijn hand losgemaakt uit die van Lidewij.

Ik heb wel degelijk gekeken toen Tijn voor me stond. Bliksemsnel. Ik heb vrijwel zonder te kijken heel goed heel scherp gezien dat hij – daar – niets had. Niets anders dan – een soort dopje. Alsof er een baby-eikeltje voor de helft midden op zijn lies geplakt was. En geen testikels, begrijp je. Een pinktopje op niets – begrijp je.

De zon was verdwenen. De berkenstammen waren weer wit geworden in het wijkend licht.

Bij het woord dopje was Lidewij's blik weer naar mijn midden gezworven.

Dus daarom heb je hem zo laten zijn, zei ze zacht.

Ze strekte haar hand onmerkbaar naar mij uit.
God, wat heeft hij van je gehouden, zei Lidewij, zonder haar blik van mij los te maken. Dat hij wilde dat jij hem zag. Wat voelde hij zich veilig bij jou.
Schepper zweeg.
Lidewij was opgestaan en keek mij frontaal aan. Mijn gezicht. Het was alsof ze mij rechtstreeks aansprak.
Dappere dodo, zei ze.
Zaterdag wordt hij opgehaald, zei schepper. Dan komt Specht.
En Lidewij zei, alsof het de meest logische gedachtesprong was die nu gemaakt kon worden, dat het wat haar betreft echt weergaloos zeker was, dat we zwanger zijn.
En ze zei: nooit geweten dat ik zo ontzettend van je kon houden, Felix lief.

Terwijl ze het atelier uit liepen en huize Nimmerdor in, had ik wel van de ezel willen vallen, plat voorover, op de koude serrevloer – zo onbeschermd en verlaten voelde ik mij plotseling.
Wat is er van Tijn geworden, wilde ik roepen.
Wat wordt er van ze, van de mensen, als ze niet meer veilig zijn.
En: wie ben ik, dacht ik. Wie ben ik als ik Singer ben.
Je mag me niet laten gaan, schepper, niet zoals ik nu ben – zo zonder te weten wie ik ben. Zo naakt mag je me niet meegeven, zelfs al noemt hij mij zijn vader, hij die mij volgende week zaterdag komt halen.

De volgende ochtend is er opgebeld, door een man met een Rotterdams accent, althans dat zei schepper tegen Lidewij toen hij verslag deed, de stem had gezegd dat Valéry liet weten dat het schilderij *dat u in opdracht hebt uitgevoerd*, helaas niet op de afgesproken zaterdag kon worden opgehaald. Schepper had nog willen vragen waarom niet, maar de stem zei dat er te zijner tijd klaarheid zou komen. Volle klaarheid.
Op een of andere manier had schepper de indruk gekregen dat hij met een van de kale mannen van de terreinwagen sprak.
Klaarheid, vroeg schepper. Is er iets niet klaar dan.
Maakt u zich niet te sappel, meneer Vincent, zodra het portret wordt afgehaald krijgt u de andere termijn volledig uitbetaald.
Wanneer zal dat zijn, vroeg schepper.
Er viel een stilte aan de andere kant van de lijn. Het leek alsof de stem overlegde met een ander, een vrouw, maar er klonk vooral gesuis, alsof er van een zeilend jacht werd gebeld, of van een winderige bergtop.
Wij vertrouwen erop dat u zich terdege aan uw deel van de afspraak hebt gehouden, zei de man, op een toon alsof hij scheppers vraag beantwoordde.
Naar beste kunnen, zei schepper. Hij meende dat de man het schilderij bedoelde. Maar of het werkelijk Singer is geworden, zei hij, dat weet alleen Valéry.
Singer, vroeg de man.
Er viel een stilte vol geruis, waarin schepper, het kan niet anders, geslagen werd door de bliksem van een paniek. Hij had beloofd, eens, met geen ziel te spreken over de opdracht... En nu had hij er, tegen een wildvreemde, de naam van Singer uitgeflapt...

Onwillekeurig keek hij naar de lade van de grote tafel, waarin hij de polaroid van mij had weggeborgen.
Plotseling klonk de stem weer en het was alsof er in de tussentijd een volkomen ander gesprek gevoerd was.
Het is het beste als u het schilderij voor transport gereed maakt. Dat wil zeggen: volledig ingepakt. Dan kan het elk gewenst moment worden opgehaald. Zoals het er nu uitziet is het uiterst onzeker of meneer Valéry het zelf komt halen. Wij nemen contact op zodra een van onze mensen in de buurt is.
Het gesprek werd zonder groet beëindigd, maar niet alvorens de stem had gezegd dat het *in ieders belang* was als de overeenkomst werd nageleefd. Naar de letter.

Toen op die Stille Zaterdag inderdaad niemand kwam opdagen heeft schepper mij in ploppapier gewikkeld. Zo noemt hij het kunststoffen verpakkingsmateriaal met dubbeltjesgrote luchtbellen waarin hij zijn dingen altijd laat vervoeren. Maar hij bracht het niet op om de verpakking dicht te plakken met tape. Het idee dat hij Singer niet in handen van Specht zou overdragen, maar in die van een van zijn mensen was onverdraaglijk, niet alleen voor mij, maar, wist ik zeker, ook voor schepper.
Hij wekte de indruk ongerust te zijn en was meer dan ooit van plan om de afspraak stipt na te komen. Dat maakte ik op uit het feit dat hij de polaroid, die hij, ondanks de afspraak, vlak voor Lidewij's terugkeer uit de wintersport van mij had gemaakt en in de lade van de cheque had gestopt, te voorschijn haalde. Hij keek er even naar, alsof er iets anders op te zien was dan op mij en klemde hem vervolgens tussen mijn onderste lat en het linnen, aan mijn achterzijde. Ik was hem alweer vergeten, de polaroid, en nu amuseerde het me, de gedachte dat ik nog een keer bestond, geklemd tussen linnen en lat, sterk verkleind, maar toch, even ver van mij vandaan als de achterzijde van de maan bestond ik nog een keer, jawel.

Nu stond ik weliswaar met mijn rug tegen een muur, maar gedurende de volgende maanden zag ik door het ploppapier alleen maar heel soms een schim, als er iemand bij daglicht dicht genoeg in mijn buurt kwam, en ook luisteren ging me slecht af. Mijn toestand was overwegend slaperig, overdag hoorde ik de gemoffelde geluiden van de poseersessies, die dat voorjaar en die zomer onafgebroken doorgingen. Het enige wat ik aan de stemmen kon horen was of de zitter een vrouw was of een man, en pas tegen het eind van de middag, tegen zessen, kon ik aan de lichtintensiteit opmaken of het een zonnige dag was geweest of niet. Het moet zomer geworden zijn, maar het enige dat ik daarvan merkte was dat de dagen lengden. *Je kunt iets zeldzaams. Iemand levend schilderen.* Na een maand of twee – ik vermoed vanaf begin juni – moet er sprake zijn geweest van een uitzonderlijk lange periode van hoogzomers weer, want de warmte werd, speciaal na zessen, wanneer het zonlicht langzaam maar zeker in mijn richting begon te kruipen, onverdraaglijk.
Schepper had me, na het telefoontje met de stem, in de retouche-vernis gezet en die was nog maar nauwelijks opgedroogd of ik werd ingepakt. Ongesigneerd. Dat besefte ik terdege. Veel had ik me daarvan voorgesteld, iets glorieus eigenlijk vooral – van het ogenblik waarop hij naar mijn linkerzijde zou zijn geschreden, van mij uit gedacht uiteraard, om daar helemaal onderaan, in wat ik vermoedde dat een plooi van het zijdeachtige bleekgele laken onder Singer was, zijn initialen te zetten. F. V.
Ik had hem dat enkele malen zien doen, op de negentig bij zeventigers, en ik beken dat ik telkens heimelijk heb gedacht: als ik af ben, dan zet hij meer dan zijn initialen, hij zet zijn naam voluit, want meer dan de anderen ben ik het ene ding dat hij gedroomd heeft te maken. Ik ben het ene werk waarmee schepper zichzelf heeft overtroffen – precies zoals Specht had gezegd tijdens het eerste gesprek. *Ik besef heel goed dat ik je iets vraag wat je nog nooit hebt gedaan.* Deze en andere zinnen die

Specht had gezegd maalden door mijn hoofd, de eerste weken dat ik ingepakt terzijde stond. *Je kunt iets zeldzaams. Iemand levend schilderen.* Maar na enige tijd begonnen mijn gedachten te doven, als uitgebrande kolen op de bodem van een haard. Zelfs de gedachte aan de ironie van mijn lot doofde uit – ik, die spierwit begonnen was in het zwartste binnenste van een rol, en die een dode jongen was geworden, bezield met de herinnering aan een schuldige jeugdherinnering, was opnieuw onzichtbaar, gewikkeld in een blinde wade, zelfs al prijkte nu overal op mij, van spie tot spie, het levendbarendst licht. Het lukte me, beslist, om mijn bewustzijn nog enkele dagen te rekken door zulke schilderachtige woorden te kiezen voor het weinige dat door mij spookte – maar toen sukkelde ik toch heus weg in een wolk van niet weten.

Zijn is gezien worden, ik had het schepper een keer horen zeggen, ik meen tijdens de sessies met Cindy. Hoogmoedig vond ik die gedachte, onfilosofisch ook – bestaat een pauw dan meer dan een aardworm, maar op een of andere manier leek het me nu waarder dan ooit. Ik had bestaan voorzover schepper aan mij werkte, en voorzover Lidewij zich van mij vergewiste. Nu begon ik te vergeten dat ik bestond. Niemand had me verteld hoe onwaarschijnlijk gemakkelijk en vanzelf dat gaat. Heus, ik heb uit alle macht getracht om nog te denken aan wat schepper en Lidewij voor zich zagen als ze zich mij herinnerden – op een of andere manier dacht ik: misschien besta ik wel als anderen aan mij denken – maar ik zag eenvoudigweg niet wat zij voor zich zagen als ze aan mij dachten, Tijn zag ik niet, Singer niet, en al helemaal het ongeboren kind niet dat gemaakt was nadat Lidewij en schepper zo onbegrijpelijk gelukkig naar mij hadden gestaard. Ik had niet het flauwste benul, en steeds flauwer werd dan ook mijn benul.

Schepper had zich aan de overeenkomst gehouden en mij aan geen ziel getoond. Mijn existentie was gereduceerd tot op een haar na nul.

Pas vorige week schrok ik wakker, want ik werd verplaatst, om een nog onbekende reden werd ik aan een kant opgetild door schepper – ik herkende zijn stem en ook die van Lidewij, die mij aan de andere kant vasthield, ze spraken dicht genoeg bij mij om enigermate te verstaan te zijn, schepper dirigeerde mij naar de overzijde van het atelier, naar de koude muur. Daar werd ik, schuiner dan voorheen, neergezet, waardoor mijn ploppapier iets losser kwam te hangen, en het gesprek in het atelier verstaanbaarder werd. Uit de woorden van de twee maakte ik op dat Lidewij voorzichtig moest zijn, pas op, vertil je niet – waaruit ik opmaakte dat ze nog altijd zwanger was, maar, wat voornamer was, ik begreep dat er een ander in het atelier aanwezig was. Niet een ander mens, maar een ander doek. Niet een negentig bij zeventig, maar een groter ding, althans, toen Lidewij zei dat ze nu, nu ze de nieuweling in de buurt van mij zag, pas zag hoe kolossaal het was, begon ik te vermoeden wat er aan de hand was.

Hee, Felix, hoorde ik Lidewij zeggen.

Ze moest zich aan de overkant van het atelier bevinden, op mijn oorspronkelijke plek, daar waar de ander kolossaal stond te zwijgen.

Felix, wanneer heb jij Singer voor het laatst gezien.

Er kwam geen antwoord.

Wil je hem niet meer zien, of wat is het.

Schepper klonk kribbig. Hij was moeilijk te verstaan, maar ik begreep dat hij zei dat het momentum voorbij was.

Hij had opgehaald moeten zijn, zei hij. Dat is de enige manier om werkelijk een punt te zetten achter iets dat je maakt.

Ik hoorde scheppers voetstappen naderbij komen.

Even, mag ik hem nog eenmaal zien, vroeg Lidewij.
Het sloeg me koud om het hart. Ik was een achterdochtig creatuur geworden, bemerkte ik, Wat kon haar vraag anders betekenen dan dat iets op til was? Mijn verwijdering uit het atelier? Mijn vervanging door de nieuweling? De komst van twee kaalgeschoren mannen met een onverschillige cheque van vijftigduizend euro? Ik kon me op geen enkele manier voorstellen dat het lot mij, na zoveel maanden verongelijkte vergetelheid, nog goed gezind zou zijn.
Schepper had mij naar zich toe getrokken, mijn bovenrand steunde nu tegen zijn onderbuik. Behoedzaam sloeg hij het ploppapier van mij af. Lidewij was erbij komen staan en hielp hem mij bloot te leggen. Schepper tilde me op en zij rukte het papier onder mij vandaan. Daarna werd ik met een voet wat dichter tegen de muur geschoven.
Daar stonden ze, pal voor me. Ik knipperde met Singers ogen, zo leek het, en, werkelijk, ik voelde ongeveer twintig centimeter links van mijn midden iets tintelen.
Of schepper me bekeken heeft weet ik niet. Toen ik bekomen was van het plotselinge licht, had hij zich al omgedraaid. Ostentatief, leek het wel.
Is het nog wat, vroeg hij aan Lidewij, zonder te kijken.
Lidewij zweeg en knikte. Ze drukte haar rechterhand tegen de zijkant van haar buik die, dat zag ik heel goed, bol was geworden.
Hij schopt als een gek, zei ze. Moet je voelen.
Schepper draaide zich om en knielde voor haar buik. Hij legde zijn oor tegen de plek op haar buik die ze aanwees.
Sodeju, zei hij. Die lelt keet.
Maar op mij wierp hij geen blik, ook niet toen hij daarna vlak voor me langs liep om het ploppapier in een hoek van het atelier neer te leggen.

Moeten we hem niet weer inpakken, vroeg Lidewij, toen schepper zich van haar buik had losgemaakt.
Laat maar, dat doe ik morgen wel als ik je heb weggebracht, zei schepper. Misschien laat ik hem zo wel staan tot je weer terug bent uit het ziekenhuis. Ik heb voorlopig geen zitters, geen ziel krijgt hem te zien.
Lidewij maakte haar blik los van mij. Maar ze draaide zich, terwijl ze van me vandaan liep, nog een keer om en zei: sterkte, jochie.
Ik herinner me dit heel goed, ik bedoel, ik bedenk dit niet omdat op dit eigenste moment buiten een vuur laait en ik te beseffen heb dat dit de allerlaatste keer is geweest dat ze me zag. Ze zei: sterkte jochie, en het was alsof ze ook zichzelf toesprak. En ze stak allebei haar duimen op. Ik kende het gebaar niet. Twee opgestoken duimen.
Alles komt goed.
Schepper was naar de overzijde van het atelier gelopen en trok even aan de nieuweling, als om diens gewicht te voelen. Nu pas viel me de vreemde achterzijde op – hij had geen kruis, maar, ja wat had hij? Wat was dat voor materiaal, had de nieuweling eigenlijk wel spieën? Ik kon mijn ogen niet geloven – hij had zelfs geen latten... Hoe was hij mogelijk? Een doek zonder raam?
Hij was staand, zoveel begreep ik ervan. Meer dan twee, dat op zijn minst, bij misschien wel een vijftig. Kolossaal.
Ik besefte het terdege. Mijn opvolger had zijn opwachting gemaakt. Het nieuwe doek waar alles op mogelijk was wat schepper nog niet had durven maken. En hij was kolossaler dan ik. Hij was van een andere orde dan ik. Hij was tot alles bereid.
O ja, zei Lidewij, die nu langzaam het atelier uitliep, wat ik steeds vergeet te zeggen, er heeft iemand voor je gebeld. Ik heb haar nummer in mijn hand geschreven.
Wie was het.

Minke Dupuis. Ze is bezig met een groot stuk voor *Kunst & Stof.*
Waarover.
Dat weet ik toch niet. Misschien wel over jou. Of je haar terugbelt, anders probeerde ze het nog wel een keer.

Nog voor Lidewij naar het ziekenhuis werd gebracht had ik, door de gespreksflarden die nu en dan het atelier in dreven te combineren ongeveer begrepen wat er aan de hand was. Lidewij was ver in de zevende maand, alles was voorspoedig gegaan, maar die dag was ze op zwangerschapscontrole geweest, in het ziekenhuis, en daar hadden ze gezegd dat ze, helaas, het zekere voor het onzekere moesten nemen. Lidewij had, toen ze luisterde, begrepen om welke complicatie het ging, maar terwijl ze het uit probeerde te leggen aan schepper bleef er, voor mij althans, veel onduidelijk, het kwam erop neer dat ze tot de bevalling plat moest liggen, aan een infuus en dat ze zeer regelmatig in de gaten gehouden zou worden, en daarom wilden ze haar opnemen in het ziekenhuis. Met het kind was alles goed, dat was het probleem niet.
Uit dit alles concludeerde ik dat het eind oktober moest zijn. Er was meer dan een half jaar verstreken sinds mijn verdwijning in het ploppapier! En al die tijd, maakte ik uit de gesprekken op, was er geen levensteken meer van Specht of van de zijnen geweest. En de nieuweling, die had schepper een week of twee eerder gekocht, *op de kop getikt*, zei hij. Vreemde woorden, die hij, toen hij mij bij Van Schendel had besteld, nooit had gebezigd.

VIER

Minke aan de telefoon, dat was het eerste wat er gebeurde toen schepper thuiskwam nadat hij Lidewij had weggebracht. Diezelfde middag nog, het liep tegen vijven, het leek een ongelooflijk toeval.
Dat zei schepper dan ook.
Dat je nu belt, wat een ongelooflijk toeval.
Het kan niet anders of ze zei hoezo.
Hoezo, daarzo, antwoordde schepper.
Hij had zijn donkerblauwe jopper nog aan. Ik herinnerde me zijn gulzige onrust van meer dan een halfjaar geleden, toen hij, helemaal alleen gelaten in Nimmerdor, met Lidewij een paar weken naar de wintersport, zou beginnen aan mij.
Nee, ik ben alleen, zei hij. Nee, druk heb ik het niet, hoezo.

Ik had de hele dag, staand op de grond en leunend tegen de zijmuur van het atelier, schuin de tuin in kunnen kijken. Daar waren de bomen en struiken vrijwel kaal geworden, wat prettig was, want daardoor had ik dieper de wereld in kunnen zien dan vroeger. Tussen de berkenstammetjes uiterst links was zelfs een glinstering van het Randmeer zichtbaar geweest, daar zou, net niet voorbij de tegenoverliggende muur, de zon ondergaan. Terwijl die aan het zakken was, verschenen er lange schuine banen wemelend licht over het gelige gras van de tuin. Het riet aan het eind daarvan was roestig geworden en droeg pluimen die in dit licht bijna lichtpaars werden. Ik voelde dat ik met scheppers ogen keek, wat zeggen wil: ik zoog alles in mij op en het was alsof wat ik zag in mijn blik verteerd werd, als was ik een soort beeldenmaag.
Vorig jaar was hier seigneur Pauw verschenen, die dag dat ik

op een haar na Cindy was geworden. Ik realiseerde me ineens dat ik zijn kreet al in geen maanden meer had gehoord en ook zijn gescharrel in het bakje kippenvoer niet.
Ik zeg ik, maar ik bedoel natuurlijk wij. Singer en ik. Maar het was alsof Singer nooit had bestaan. Ik herinnerde me iets wat hij nooit had gezien. Ik herinnerde me bijvoorbeeld seigneur Pauw – van voor zijn bestaan. Ik herinnerde me voor hem wat hij niet weten kon. Wonderlijk om zo in het doodstille Nimmerdor te vergeten dat ik beschilderd was. Jawel, ik voelde me dat uur een leeg doek, een nieuweling, op wie alles nog gebeuren kon.
Dat kwam door de ander, dat besefte ik heel goed.

Dus dit is wat mensen bedoelen als ze zeggen dat ze verlegen zijn.
Ik wilde niets liever dan dat de ander naar me keek en tegelijkertijd vreesde ik zijn blik.
Ik heb mijn uiterste best gedaan om niet naar hem te kijken, zelfs niet naar zijn achterzijde, hoezeer hij ook recht tegenover mij vreemd en lattenloos stond te wezen.
Het was zo stil geweest dat ik scheppers auto van verre hoorde aankomen, het naderend geronk over het kronkelige, smalle karrenpad door het bos tussen Huizen en Oud-Valkeveen. Het moest hem vreemd te moede zijn. Ik probeerde me hem in te denken – zonder vrouw ineens, in ongeruste afwachting van de geboorte van zijn kind, met voor de boeg een onverhoedse periode van enkele weken eenzaamheid, een nieuw kolossaal doek, en geen afspraken met zitters of opdrachtgevers... Het kon niet anders, of hij was weer in zijn nu of nooit-stemming, dezelfde als waarin hij mij had gemaakt, ook toen was Lidewij weg geweest.
Hij betrad het atelier met een zwart plastic tasje. Ik herkende het tasje omdat het zonder opdruk was. Alle tasjes van het vrije Westen hebben een kleur en een opdruk. Alleen een tasje als

dit, dat hij zeven maanden geleden ook bij zich had gehad nadat hij Lidewij naar Schiphol had gebracht, heeft geen opdruk en is zwart. Ik wist wat eruit zou komen. Zorgvuldig ingepakte videobanden. Schepper zou de banden uitpakken en hun hoezen weggooien, schielijk, alsof ze hem tegenstonden. De vorige keer heb ik gedurende een minuut een van die hoezen kunnen zien, uit een ooghoek, nieuwsgierig als ik ben naar dragers, of ze nu van linnen zijn, zoals ik, of van plastic. De videohoes heette *Fiona on fire* en stelde een naakte blonde vrouw voor die frontaal te zien was schrijlings zittend op een naakte man. Ze had haar mond half open, op een of andere manier keek je diep haar mond in en ze monsterde me. Dat is, denk ik, het woord. Ze keek monsterend. Ik vraag me af of schepper meende dat ze op Lidewij leek. Ik vond van niet – ze had veel meer van Cindy. Toch was er iets franks in haar blik, dat misschien aan Lidewij deed denken. Ik geloof dat schepper haar vanwege die blik niet meteen had weggegooid. Voor het overige verborg hij de videobanden, zonder hun hoezen, onder in een rieten mand met oude verflappen. Nu en dan haalde hij ze 's avonds te voorschijn om ze, in de belendende kamer, af te draaien. Ik ben daar nooit echt bij geweest. Als ik door de deur keek, dan wist ik dat schepper links van de deurpost zat, op een bankstel, terwijl rechts van de deurpost, op een televiescherm, te zien moest zijn wat de hoes ongeveer had beloofd. Dat neem ik aan, althans. Op den duur kon ik aan de hand van bepaalde, tamelijk kreunende en persende geluiden voorspellen wanneer scheppers kijken afgelopen zou zijn, altijd weer even subiet. Het viel me altijd op dat hij mij geen enkele blik waardig keurde als hij meteen daarna, zijn broek ophijsend, de banden kwam verbergen onder in de rieten mand. Het kan verbeelding van me zijn, maar ik maak me sterk dat hij mij zelfs ontweek.

Minke had gebeld terwijl de zwarte plastic zak nog onuitgepakt aan zijn pols bengelde. Toen duidelijk werd dat ze diezelfde avond al zou komen, heeft schepper het tasje zonder de inhoud te inspecteren onder in de rieten mand gestopt. Het was donker geworden. Er was, pal uit het noorden, een hemelsbrede, nachtzwarte wolk over de hemel komen schuiven. Voor het eerst in mijn bestaan liet schepper de luxaflex voor de schuifpui zakken. Er waren een paar membranen geknakt, die knikte hij recht. Daarna haalde hij enkele schemerlampen uit andere kamers van Nimmerdor en plaatste die met grote zorg op strategische plekken in het atelier. Het viel me op dat hij mij in schaduw hield. Hij verdween weer, ditmaal naar boven, ik hoorde hem stommelen op een van de kamers die ik van mijn leven nooit te zien zal krijgen en hij keerde weer met een matras, dat hij niet ver van de nieuwkomer op de vloer neerlegde en bedekte met een geruite paardendeken. Nu en dan keek hij mij, al redderend, aan en het was alsof hij knipoogde. Stemmig, wat jij, zei hij, wij creëren een kolossale sfeer.
Toen schepper de lampen met sjaals en doeken zo had afgedekt dat de ruimte in een gedempt schijnsel baadde, haalde hij uit de hal van Nimmerdor, waar de jassen hangen, een appelgroene zijden sjaal te voorschijn. Die vouwde hij helemaal open, zodat er een wijde, ragdunne voile ontstond en die drapeerde hij over mij. Zo onttrok hij de schemerige serre aan mijn blik. Ik had sterk de indruk dat er, in dit licht, nu niets meer van mij te zien was. Zelf zag ik van schepper alleen nog maar een groenige schim.

Schepper is, zegt hij zelf, niet zozeer een kijker, als wel een schikker. Ik moet, zegt hij soms tegen een zitter, de wereld eerst neerzetten en regisseren, voor ik zie wat ik wil schilderen. Ik heb hem eindeloos vaak mensen zien neerzetten, in de houding die hij op het doek wilde krijgen – en ik weet hoezeer zijn begeerte om iets te maken wordt aangejaagd door zijn geregisseer. Zo, op deze wijze, had hij ook Singer stilgezet, als hij diens video bekeek. En ik heb me dikwijls afgevraagd wat er precies gebeurt in de belendende kamer, wanneer hij naar zijn video's keek. Ik hoorde hem het beeld stilzetten, met het magische ding dat hij de afstandsbediening noemt en dat hij dikwijls kwijt is, waarmee hij doorspoelt, of iets in slomo zet. Welke macht heeft hij dan? Welke bevelen doet hij uitgaan? Weet schepper zich pas echt schepper als hij naakte mensen bevriest met zijn afstandsbediening? Wat wil deze begeerte van hem?

Ik haal je wel van het station, had schepper tegen Minke gezegd. 's Avonds is Nimmerdor volmaakt onvindbaar.
Als ze al over koetjes en kalfjes hebben gepraat, dan is dat in de auto gebeurd. Toen ze het atelier binnenkwamen hadden ze het over de *Palazzo*.
Had ik geweten dat je het zo verschrikkelijk gênant vond, dat van die Piëta, dan had ik het wel geschrapt, hoorde ik de lage, hese stem zeggen die ik me plotseling haarscherp herinnerde. Ik dacht, het zegt toch wel iets, over jou, over waar je mee bezig bent, en –
Ze onderbrak zichzelf.
Wow, zei ze.
Kennelijk stond ze nu in het atelier, in een donker deel, want ik ontwaarde haar niet, door mijn sluier.
Ik zet altijd alles met z'n voorkant tegen de muur, zei schepper.
Behalve dat dan, zei ze.
Ze bedoelde mij, ik hoorde haar op mij af lopen.
Is dat hetzelfde doek als waar je –
Waarom zweeg schepper?
Dan is het inderdaad geen Piëta geworden, zei ze plagerig. Ze lachte. Dan had het staand moeten zijn. Of niet.
Ik neem aan dat schepper knikte.
Krijg ik het te zien, vroeg ze.
Ik heb al een hele tijd geen Vincent meer gezien.
Ik had de indruk dat ze schepper niet geloofde, toen hij mompelde dat ik nog niet af was.
Terwijl ze langs me scheerde woei de sluier een beetje op.
Er komt een schip met zure appelen aan, zei schepper.
Hè, vroeg Minke.

Zo heet dat, het gaat waanzinnig regenen.
Hij probeerde haar aandacht te verleggen, ik kende die techniek van hem wel, zo sprak hij ook wel eens als hij een zitter had.
Er viel een stilte.
Je vrouw, is die er niet, vroeg Minke.
Ze is een weekje weg, zei hij.
Schepper dacht na, het was alsof hem nog iets gevraagd was.
Ze is naar haar tante. Tante Dré, de zus van haar moeder.
Waarom maakte hij van zijn ontwijkende zin een complete leugen?
Nu was het kennelijk Minkes beurt om de aandacht te verleggen.
En dat, wat wordt dat, vroeg ze.
Ze sprak in de richting van de overzijde en bedoelde de nieuweling.
Dat is geen doek, zei schepper.
Dat zie ik, zei ze.
Die heb ik op de kop getikt op een veiling.
Aan zijn houding kon ik zien dat hij de nieuweling naar achteren had getrokken.
Wow, zei Minke. Waarom draai je hem niet om.
Als je me helpt, zei schepper.
Ze stonden nu aan weerszijden van de nieuweling. Hij moest ongebruikelijk zwaar zijn, want het kostte ze moeite hem op te tillen. Eerst zetten ze hem op z'n kant, waardoor hij liggend werd en daarna draaiden ze hem om.
Hij kostte niets, zei schepper hijgend. Er zit weer in. Of hoe zeg je dat, het weer zit erin.
Hij maakte een gebaar.
Door de sluier heen kon ik niet zien wat de nieuweling voorstelde. Hij was dus toch liggend! En er zou iemand op hem geschilderd kunnen zijn, een liggende figuur – maar ik zag alleen maar mijn eigen ragdun appelgroen.

Ik had veel verwacht, maar niet dat schepper een ding van een ander in zijn atelier zou toelaten.
Maar daar ben je niet voor gekomen, zei schepper.
Wat wil je van me weten.
Hij stond bij de eikenhouten tafel die dankzij een van de schemerlampen in relatief vol licht stond en gebaarde Minke te gaan zitten.
Glaasje wijn, vroeg hij.
Heb je wit, vroeg Minke.
Schepper liep de serre uit. Minke stond razendsnel op en beende naar mij. Aan mijn rechterkant tilde ze de sluier op, aan mijn voeteneind dus, en die tilde ze steeds verder op, totdat ze de plek twintig centimeter rechts van mijn midden zag. Ik probeerde door de sluier haar blik te vangen, maar die werd door een plooi buiten beeld gehouden. Het enige wat ik even leek op te merken was dat haar haar helblond was – waar ik me koperrood herinnerde. Ze liet me op dat moment schielijk los en snelde terug naar de tafel. Schepper kwam binnen met twee glazen en een fles wijn.
Ze weet niet dat Lidewij nu op dit moment in het ziekenhuis ligt, dacht ik, ze weet niet eens dat Lidewij een kind verwacht, ze wordt van god weet wat onwetend gehouden door schepper.
Nootje erbij, vroeg hij.
Hij klonk nerveus.
Nee dank je, zei ze. En om haar geagiteerdheid te verbergen stak ze meteen van wal.
Vind je het erg als ik rook, vroeg ze.
Alleen ik hoorde dat ze een beetje buiten adem was.
Schepper stond op en pakte onder de schildersezel vandaan een bakje.
Hier, doe hier de as maar in.
Ze had mijn voeten gezien. Mijn benen, mijn knieën, mijn dijen, mijn midden. Ze had een heel korte, scherpe zucht, als

van een stokkende adem, niet kunnen onderdrukken. En ze had de sluier weer laten vallen, alsof ze haar vingers brandde. Ze stak een sigaret op.

Het gaat om Valéry, zei ze. Ik ben bezig aan een groot portret over hem. Voor de krant. Tamelijk onthullend, sensationele feiten. Er zijn nog een paar dingen waar ik achter probeer te komen. Het meeste weet ik al. En ik bedacht ineens – volgens mij ben jij de laatste die hem gezien heeft.

Specht, zei schepper aarzelend. Ik merkte dat hij op zijn hoede was; uit de richting van zijn stem maakte ik op dat hij even naar mij had gekeken.

Zijn er andere Valéry's dan.

Minke lachte. Ik dacht: ze lacht als een man, met haar hese stem.

Het komt in de krant, mijn stuk, zodra hij dood is. Vandaar dat ik onder druk sta, nu.

Dood, vroeg schepper.

Hij hapte, zo leek het, naar dezelfde adem als ik.

Wist je dat niet.

En ze vertelde de verbaasde schepper wat zij wist. Ongeneeslijke ziekte, een kanker die al jaren woedde, daarom was hij met tussenpozen zo kaal geweest. En nu was hij, volgens haar beste inlichtingen, na meer dan een jaar lang intensief behandeld te zijn, buiten bewustzijn en stervende, daar was hij voor naar Rotterdam gekomen, uit Antibes, hij lag nu in het Dijkzigtziekenhuis, als hij niet al dood was. Het was echt een kwestie van uren, zoveel wist ze zeker.

Wanneer heb jij hem voor het laatst ontmoet dan, vroeg schepper, na een flinke stilte.

Volgens mij een paar weken nadat hij hier was geweest.

Specht, hier, vroeg schepper.

Ik voelde hoe hij koortsachtig nadacht. Sinds het telefoontje van de Kale Man, zoals hij hem noemde, nu alweer zo lang geleden, had hij begrepen dat *de overeenkomst* geen kinderspel was.

Waarom hou je je van de domme, vroeg Minke. Valéry is toch hier geweest, dat heeft hij me zelf gezegd.
Zelf, vroeg schepper.
Volgens mij dacht hij hetzelfde als ik: Minke is bezig mij te testen.
Wat maakt het uit, zei Minke. Vandaag of morgen is hij dood. Dan krijg je een lawine van necrologieën en stukken. En van feiten. En jij bent volgens mijn beste inlichtingen de laatste die hem ontmoet heeft.
Nee jij, dan dus, zei schepper.
Oké, ik dan dus.
Er viel een stilte.
Meesterlijk wijntje, zei ze.
Ik hoorde dat de glazen opnieuw gevuld werden, volgens mij ditmaal door Minke.
Waarom doe je zo idioot geheimzinnig, vroeg Minke. Het is toch niet verboden om Specht gezien te hebben.
Schepper schraapte zijn keel. Nu pas bemerkte ik hoe hard ook bij hem de klap was aangekomen. Hij kon bijna niet spreken.
Wist hij dat hij zou sterven, vroeg hij.
Al meer dan een jaar, zei Minke.
Dus dat was het, wat we gezien hebben, dacht ik. Het parelende zweet, de verzwakkende stem, de onthutste leegte nu en dan in zijn blik... toen Specht hier was om schepper zijn opdracht te geven, wist hij dat hij met zijn laatste handelingen bezig was... genade, spaar me... en gedurende de drie sessies, waarin hij schepper Singer voor ogen trachtte te toveren... die waren misschien wel zijn laatste grote krachtsinspanning geweest...
Dat wist ik niet, zei schepper. Ik had geen idee. Keine blasse Ahnung.
En hij zei: god, dat ik zo blind heb kunnen zijn.
Het bleef hem maar moeite kosten om te begrijpen wat hij zojuist van Minke gehoord had.

Je redt er een leven mee.

Wat zeg je, vroeg Minke.

Niets, niets, zei schepper.

Hij was uit het lood geslagen. Nog nooit had ik de sensatie gehad zozeer hetzelfde te ondergaan als hij. Ook ik was uit het lood geslagen.

Wat hoor ik toch, vroeg Minke. Ze doofde haar sigaret.

Het is gaan regenen, zei schepper. Zoals beloofd.

Er was in de tuin een wijd geruis gaan klinken.

De opdracht, dacht ik. De opdracht. Ik ben toch Spechts opdracht! Hij zou mij toch ophalen en zien! Dan, en alleen dan zou ik toch weten wie ik ben, nu ik Singer ben? Van wie moet ik zijn als ik niet van mijn opdrachtgever worden kan?

Waarom was hij hier, vroeg Minke.

Valéry, vroeg schepper.

Ik weet niet waarom je zo idioot voorzichtig bent, zei Minke, wat kan het allemaal uitmaken. Ieder moment krijgen we te horen dat hij dood is en jij bent een van de laatsten die hem heeft gezien, waarom doe je zo moeilijk.

Minke was opgestaan. Ik hoorde hoe zij in mijn richting liep. Ook schepper was opgestaan, abrupt, er viel een glas wijn op de vloer, in scherven, ik rook de zure geur.

Niet doen, zei schepper.

Volgens mij hield hij haar hand tegen die mijn sluier wilde optillen.

Er was meer tussen hem en haar dan alleen de spanning tussen de een die iets wilde zien en de andere die dat wilde voorkomen.

Je mag hem zien, zei schepper. Eén ding: geen ziel mag ervan weten.

Waarom niet, vroeg Minke.

Ze had even gegiecheld. Dat kwam door ziel.

Geen ziel, herhaalde schepper. Dat heb ik beloofd.

Hij was zelf degene die de sluier wegtrok.

Beloof je het me, je hebt dit niet gezien.
Zag hij haar knikken?
Even wisselden we de blik, schepper en ik. De zijne was smekend, het bloed was weggetrokken uit zijn gezicht. Daarna draaide hij zich om en begon het wijnglas op te ruimen.
Minke stond links van mij, aan mijn hoofdeind. In dit licht leken haar ogen bruin, maar ik wist dat ze groen waren.
Er gebeurde dat waaraan ik om zo te zeggen gewoon was geraakt: haar blik bleef maar vluchtig hangen aan mijn gezicht en werd naar mijn midden gezogen. Daar werd hij starend.
Maar dit was niet wat mij trof, al had ik in een oogopslag gezien dat haar lange haar inderdaad blond was geworden en dat zij naakte armen had, in een strak, tomatenrood schouderloos truitje, en om haar lange hals een veterachtig bandje.
Niet Minke was wat mij sloeg, als was het de bliksem. Maar de nieuweling, recht tegenover mij. Nu de groene sluier was weggerukt kon ik hem eindelijk, eindelijk zien. En hij was enorm, een levensgroot liggend naakt, van teen tot hoofd gedrapeerd op een ondergrond van groen-satijnen plooien. Er scheen maar weinig licht op hem, toch merkte ik hoe mijn blik niet naar zijn gezicht getrokken werd, maar naar zijn midden. Er moest daar iets te zien zijn, maar er was iets met het licht, er was daar, zo leek het *geen licht*, dat had met de lampen te maken, die schepper verkeerd had neergezet, hoe ik ook keek, het was alsof mijn blik in een gat staarde.
Wow, zei Minke.
Ze was recht voor me gaan staan. Ze zette een paar plechtige stappen in mijn richting. Nu dekte ze de nieuweling af, ik probeerde om haar heen te blijven kijken maar zag alleen zijn voeten.
Hij heeft mij gezien, was eigenlijk het enige wat ik nu dacht.
De ander heeft mij gezien.
Het was alsof Singer warm werd van teen tot kruin, over zijn hele lichaam verspreidde zich een gloed.

Dus dit zou blozen kunnen zijn.
Het geruis in de tuin was dieper geworden, zwaarder, een gordijn van geluid dat ons buiten de wereld sloot.
Ik geloof dat als ik nu een mens was geweest ik wel had willen braken. Van opwinding. Laat mij kijken, dacht ik alleen maar, laat mij zien wat ik net niet goed heb gezien, ik heb verkeerd gekeken, geef mij nog een kans om te kijken, dan zal ik zien wat ik vergeten heb te zien: hoe hij naar mij kijkt. Hoe de ander kijkt terwijl ik kijk.
En er was nog iets wat ik dacht.
Wat is hij alleen, dacht ik. Hoe kan iemand zo ontzettend alleen zijn.
Op een of andere manier wist ik dat ik hiermee iets dacht wat alleen mensen kunnen denken.
Maar Minke stond tussen hem en mij, en schepper, wiens handen naar wijn roken, was naast haar komen staan, en buiten ruiste de regen.
Schepper had een sigaret opgestoken en stak die nu tussen de lippen van Minke.
Hoe heb je dat voor elkaar gekregen, vroeg Minke.
Ze strekte haar hand uit, met de sigaret, en wees naar mijn midden.
Schepper glimlachte.
Het is dat je zegt dat hij een jongen is, zei ze aarzelend.
Heb ik dat gezegd, vroeg schepper.
Je zei hij. Dat zei je toch. Hij.
Minke likte onwillekeurig haar lippen en streek met een paar lange gebaren van haar vrije hand haar haren naar achteren.
Schepper had zijn linkerhand om haar nek gelegd, onder de lange haren door. Met haar vrije hand pakte ze zijn pols, haar elleboog raakte mij even aan, vlak boven mijn gezicht.
Je bent nog altijd links, zei ze.
Jip, zei hij.
Ze keken.

Wie is hij, vroeg ze.
Maakt dat uit, vroeg schepper.
Vertel wie ik ben, dacht ik. Vertel Minke dat ik je opdracht ben, dat je mij aanvaard hebt.
Je redt er een leven mee.
Nooit had ik deze zes woorden begrepen en nu dacht ik maar één ding, terwijl schepper zijn blik van mij wegtrok en zijn mond naar Minkes haar bracht, naar haar oor, ik dacht: laat mij nu niet los.
Beloof je het, fluisterde schepper, met zijn mond in haar haar. Beloof je dat je hier niemand van vertelt.
Ook zij maakte nu haar blik los van mij, maar haar hand niet van zijn pols, en ze draaide haar gezicht naar het zijne. Ze was langer dan hij, dat zag ik nu; ze zakte wat door haar knieën.
Of haar mond de zijne zocht of de zijne de hare, dat weet ik niet.
Hoi, zei schepper, zich nauwelijks van haar losmakend.
Daar smaak je dus nog altijd naar, zei hij. Naar gauloise.
Ze lachte even en vroeg: waar waren we gebleven.
Ze gooide de sigaret op de grond. Schepper drukte hem met een schoenpunt uit.
Van zo nabij had ik het nog niet gezien, het onbegrijpelijke ding dat aanraking heet, van twee monden, ik maakte mij sterk dat zich tussen hen iets anders voltrok dan tussen Lidewij en schepper, meer dan zes maanden geleden alweer, dit was ademlozer, panischer ook, het was plotseling alsof ze op de hielen werden gezeten, godweet waardoor of door wie, het was alsof iedere onderbreking van de aanraking en van de gebaren die elkaar in een soort hectische stroom opvolgden, een stilte zou veroorzaken die voor hen even fataal was als een doorn voor een zeepbel. Even maakte schepper zich los van Minkes mond, ik zag dat de zijne nu roder was dan voorheen, en hij zei: hij is dood.
Wie, vroeg Minke, terwijl haar mond de zijne zocht.

Hij, zei schepper, met een gebaar van zijn kin naar mij. Toen ik hem maakte was hij dood.
Hij sprak langzaam. Er klonk iets van triomf. Het was alsof hij haar door *dood* te zeggen dichter tegen zich aan kon krijgen.
Hoe heet hij, vroeg Minke, terwijl haar mond weer werd afgedekt.
Links van mij, niet ver van de schuifpui, viel een druppel, ik had hem al een keer of wat gehoord, er is daar een lek.
Schepper had geen antwoord gegeven.
Even leek het alsof Minke zich los zou maken, maar ze onderbrak de duwende impuls, dat was een beslissing, dat kon ik heel goed zien, terwijl schepper met twee handen de buikzoom van haar truitje pakte en het over haar buik, haar maag, haar borsten, haar hals haar gezicht haar lange armen stroopte, een razendsnelle beweging die zij mogelijk maakte door op de knieën te gaan met opgeheven armen. Terwijl schepper van haar wegbeende, naar het matras, dat hij naar het midden van de ruimte sleurde, precies tussen mij en de nieuweling in, haakte zij haar bh los, duwde ze haar rok naar beneden en stapte haar slipje uit. Rode pumps, zwarte nylonkousen, een veter om haar hals, het was alsof ze de hoes van een van scheppers videobanden had bestudeerd. Het was ook alsof ze wisten wat hun te doen stond, hoe zeg ik dit, ik had de indruk dat ik iets zag wat al eens plaatsgegrepen had, een enscenering was het, schepper was ruggelings op het matras gaan liggen, met zijn hoofd naar de nieuweling en zijn voeten, nog altijd in zijn schoenen, naar mij, hij had zijn broek en zijn onderbroek naar zijn knieën geschoven en richtte zijn hoofd op om naar haar te kijken terwijl ze, met haar rug naar mij, op hem af liep.
De druppels rechts van mij volgden elkaar om de andere tel op, maar schepper deed niet wat hij anders deed, hij had geen emmer onder het lek geschoven.
Waar waren we gebleven, zei schepper.
Hier, zei Minke. Voor de spiegel.

Ze stond nu aan zijn voeteneind.
Ik kostte geld, weet je nog. Je vroeg naar mijn prijs, altijd.
Wat kostte je dan.
Ze spraken in de verleden tijd zoals kinderen die doktertje spelen.
Dat hing ervan af.
Waarvan.
Van wat je wilde, wist je wel.
Wat wilde ik dan.
Dat wist je best.
En wat mocht dat dan kosten.
Minke haalde adem en maakte een gebaar, naar achteren, en ze bedoelde mij.
Wat dacht je van... zoiets als wat jij voor hem gekregen hebt.
Ze lachte, schopte haar pumps uit en knielde naast hem.
Zo weinig, zei schepper. Ik zag dat hij zijn best deed om haar niet aan te raken.
Je bent geen spat veranderd, zei ze. Wat hebben we in godsnaam gedaan in de tussentijd.

Als ik nu goed was blijven opletten zou ik ongetwijfeld precies begrepen hebben wat ze bedoelden, waar ze gebleven waren, wat hun spel precies betekende, eens, en wanneer, en nu, op het eigenste moment, maar het was alsof er een zwart waas voor mijn ogen getrokken was. Absurde beeldspraak voor een Zeer Dicht Geweven Vier Maal Universeel Geprepareerd, maar het was gedurende geruime tijd werkelijk alsof ik met blindheid geslagen was.
Hier. Voor de spiegel.
Dat waren Minkes woorden geweest.
Spiegel.
Voor. De. Spiegel.
Dat was de nieuweling dus.
Hij was mij.

Dat, hij, daar, aan de overzijde, recht tegenover mij – die keek niet naar mij, hij was mij, hij was precies die ik was. Dat was het dan dus, het kijken *in*.

Tussen hem en mij was Minke schrijlings op scheppers bovenbenen gaan zitten en ze dekte mijn midden af. Ik begreep terdege wat dat betekende: ze zat recht tegenover zichzelf, ook zij keek nu *in*, en ik stelde mij nu voor dat zij bij benadering de monsterende blik van Fiona had, On Fire, terwijl zij met haar handen voorzichtige bewegingen maakte, onder haar buik, alsof ze een klein dier streelde. Ik begreep ook dat schepper naar haar keek, zoals zij naar zichzelf in de spiegel keek. Althans, mijn blik scheerde rakelings langs Minkes taille en zag een glimp van scheppers gezicht, dat zich verloor in het gezicht van haar, ik kende deze blik, het was de onderscheidende, op afstand houdende blik, hij probeerde uit alle macht om te blijven kijken en niet te verdwijnen in het genot, en ook Minke probeerde dat, terwijl ze haar spiegelbeeld op afstand keek, ook toen ze heel secuur haar midden liet zakken op dat wat ik van schepper maar een keer eerder had gezien, en wel toen hij, naar een van de video's uit het zwarte tasje kijkend, plotseling was opgebeld en zijn gsm op de schildersezel had laten liggen.

Dit alles zag ik nauwelijks, want ik probeerde mijzelf te zien, mijn gezicht dat rechts van Minkes ribben mij aanstaarde, uit het halfduister van de spiegel die, zag ik nu, inderdaad in nevelen gehuld ging, hij was bezaaid met goudbruine plekken weer, en wat ik ook probeer, ik zal mijn oogopslag niet kunnen beschrijven, telkens wanneer ik mijn hoofd koel genoeg leek te hebben gedacht om eindelijk te zien hoe ik keek, maakte zich de onrust weer van mij meester, sluit toch je ogen, dacht ik, zie dit niet, luister naar de druppels, naar de donkere regenruis buiten, dit is niet voor mensenogen bedoeld, we zijn niet gemaakt om te zien wat we zijn – en op een of andere manier wist ik dat dit dan dus mijn blik was, dat schepper mij zo had willen vangen, zo *nog niet wetend wat ik zag.* Mij had hij neergelegd op een schoot van het groenste satijn, en zich buiten, op het warmste kiezelstrand van Kreta kinderstemmen ingedacht, mij had hij gevuld met Tijn, met de herinnering aan wegkijken en niet willen zien, aan beseffen maar nog onwetend zijn, mij had schepper willen vangen op het ene laatste ogenblik waarop wij uit onze onschuld opkijken omdat we willen weten wie we in de ogen van de wereld zijn.

Minkes bewegingen waren heftiger geworden, ze had haar handen op scheppers schouders geplant. Ze maakten geen enkel geluid, althans niet met hun stemmen, ik hoorde alleen het flappend geklots van hun lichamen, en de druppels, en de regen.

Kijk, zei schepper, kijk tot je niet meer kunt.

Was Minke opgehouden met kijken?

Ze onderbrak haar beweging, sloeg haar haren met haar voorhoofd naar achteren en draaide zich, zonder zich van schepper los te hurken, om.

Nu zat ze recht tegenover mij.

Wie is hij, Felix, vroeg ze.

Ze keek me frontaal aan en liet haar ogen glijden over mijn hele oppervlakte, van tenen naar dijen naar buik naar mijn gezicht.

Singer, kreunde schepper. Valéry's zoon.

Haar beweging stokte.

Ik weet zeker dat ik haar gedurende een oogwenk heb zien glimlachen. Het was alsof haar gezicht, dat glasachtig hard van het kijken geworden was, met samengeperste lippen, even smolt. Het was misschien wel de kleinste verandering die op haar gezicht denkbaar was en toch werd ze er op slag onbeschrijflijk droevig van.

Niet ophouden, in godsnaam, zei schepper.

Hij probeerde met stotende bewegingen het ritme gaande te houden, maar Minke werd steeds roerlozer.

Schepper stootte door, het was alsof hij in het ritme van de druppels wilde blijven.
Hoe zei je dat hij heet, vroeg ze.
Maakt dat uit.
Singer, zei ze. Je noemde hem Singer.
En tegen zichzelf zei ze, zonder stem, ik las haar lippen: slaaf.
Ze had zich van schepper losgetrokken. Hij nam met zijn linkerhand zijn geslacht in zijn hand en bleef, in het ritme van voorheen, bewegingen maken.
Valéry's zoon, zei ze. Dat zei je. Valéry's zoon.
En ze fluisterde: o god, de leugen, de leugen. Hij koopt een slaaf en noemt hem zoon.
Haar stem was schel geworden.
Hoeveel heb je voor hem gekregen, vroeg ze.
Nu pas zag ik dat schepper, terwijl hij zijn bewegingen steeds maar versnelde, naar mij keek en op een vreemde manier van nek tot knieën samentrok, alsof hij zijn hele lichaam wilde ballen tot een vuist, hij kreunde, volgens mij op het woord slaaf, zijn kreun was het eerste geluid dat sinds het allemaal begonnen was daar op het matras uit zijn keel klonk, en er sprietste iets uit zijn geslacht dat, zo kwam het me voor, onnatuurlijk paars was geworden. Iets melkigs en fluffigs sijpelde op, iets hulpeloos onmachtigs vooral.
Schepper viel naar achteren en bedekte zijn geslacht met beide handen.
Daar praten jullie niet over, nee, over geld hebben jullie het niet.
Ze had nog altijd niet omgekeken.
Hoe is hij gestorven, vroeg ze.
Schepper probeerde haar naar zich toe te trekken aan haar enkel, maar ze stapte zich los. Ze vermeed nu mijn blik, dat zag ik heel goed.
Dat weet ik niet, zei schepper. Het was alsof hij geen woord dat zij zojuist had uitgesproken had gehoord. Hij hijgde.

Hoezo, dat weet je niet, zei Minke. Haar stem was luider geworden, schriller. Je zei dat hij dood was, dat zei je zelf, dan weet je toch hoe hij gestorven is.
Nee, zei schepper. Kom, alsjeblieft.
Hij was overeind gekomen.
Godweet waar hij hem vandaan had. Ze schreeuwde nu, nog altijd kijkend naar mij. Het was alsof ze niet wilde weten wat er achter haar gebeurd was.
Ze schreeuwde en ze klonk honend.
Ik dacht dat hij ze alleen uit Marokko haalde.
Ik begrijp je niet, zei schepper. Hij was zijn zoon.
Minke lachte luid. Als ze hoonde klonk ze extra hees en schril. Je gaat me niet vertellen dat jij hem geloofde – *zo* wereldvreemd ben je toch niet.
Schepper zweeg. Hij had zijn geslacht losgelaten en zijn knieën gesloten.
Zoon van wie. Valéry is al jaren zo alleen als –
Ze zocht naar een vergelijking.
– als een wolf, zei ze.
Ze maakte een gebaar naar mij.
Hoeveel van dit soort schilderijen denk je dat hij in de loop der jaren heeft laten maken... Altijd weer van de laatste jongen. Altijd weer van een kunstenaar waar hij *eigenlijk* geen fuck aan vond. Altijd weer de jongen die net te oud aan het worden was om hem nog op te kunnen geilen. Enfin, dit was dan dus echt de laatste, neem ik aan.
Haar stem was strak van minachting geworden.
Verdedig me, dacht ik, schepper, waarom verdedig je me niet? Waarom schreeuw je haar niet toe dat ik de enige ben, de zoon, het kind dat op de compound naast het zwembad in Sierra Leone Spechts bescherming vond en kreeg? Vertel haar van Tijn, van Lidewij, van het kind dat komt, van alle uren dat je maar een ding hebt gewild – iemand levend schilderen, een mens maken, Singer maken, een schepper zijn.

Maar schepper zweeg, alsof hij stonk.
Ze maakte een gebaar naar haar hals.
Het is een kwestie van uren, daar in het Dijkzigt.
Ze beende de kamer door om haar kleren op te rapen en begon zich aan te kleden.
Smeerlappen, zei ze, niet tot schepper in het bijzonder, zo leek het.
Ik was de enige die had opgemerkt dat de regen was opgehouden en dat er alleen nog druppels hoorbaar waren.
Wat heeft me bezield. Ik heb een afschuwelijke fout gemaakt.
Ze glimlachte grimmig.
Blijf je het volhouden – dat hij dood is, blijf je zwelgen in de krokodillentranen.
Scheppers blik was verbijsterd. Er leek hem een waarheid te dagen. Weer was ik, zo leek het, sneller van begrip dan hij.
Ik ben niet dood, dacht ik. Toch niet, toch niet.
Ik, Singer, hier op satijn gedrapeerd recht tegenover mijn spiegelbeeld, ik leef nog.
Er is toch geen mens die je gelooft, zei Minke. Dat hij dood was toen jij hem schilderde, dat kan toch helemaal niet, jij werkt toch alleen naar het leven, echte Cindy's, daar werk jij toch naar... Dat heb je zelf zo vreselijk mooi gezegd, het kan alleen naar het leven.
Ze stapte in haar pumps. Ze klonk smalend.
Vindt Lidewij het ook zo mooi, zo ontroerend en schuldeloos.
Haar stem was van staal geworden.
Stom dat ik steeds sorry zeg. Sorry. Ik ben nog erger dan –
Ze maakte een gebaar dat heel Nimmerdor omvatte.
Maar ik neem niet elke opdracht aan. Mij had Specht niet alles kunnen vragen, zoals kennelijk wel aan jou.
Ze klonk triomfantelijk.

Dat was allemaal gisteravond.

Een halfuur geleden heeft schepper een brandstapel gemaakt achterin de tuin, vlak tegen het riet. Het schemerde toen nog. De schuifpui staat open, ik hoor het vuur knetteren. De wind staat nog altijd uit het noorden, er slaan vonken op uit de rook, ze dwarrelen in de richting van het atelier en drijven als asvlokken naar binnen. Schepper heeft de video van Singer en de kiekjes die hij eens van Specht heeft gekregen bij elkaar gegrist en is naar het vuur gelopen. Hij kwam zonder de video en de kiekjes terug. Daarna is hij naar de mand met verflappen gelopen en heeft hij de andere video's te voorschijn gehaald. Ik begrijp niet goed wat die ermee te maken hebben, maar hij is ook die in het vuur gaan gooien. Ik ruik nu de scherpe, giftige geur van smeltend plastic. Daarna wist ik zeker dat hij naar mij zou lopen, met zijn verwilderde blik en zijn verwaaide haren, *het loopt tragisch met mij af*, dat was ongeveer, woord voor woord, de gedachte die ik had – en het was alsof de wereld in een flits aan mij voorbijtrok. Van de rol in Van Schendel, via de dag dat ik het atelier in werd gedragen, en Cindy, en Specht, en Tijn, en Lidewij, tot en met Minke, ik heb het allemaal beseft. Niet als een verhaal, geloof ik, meer als een strak samengetrokken knoop van tijd, die plotseling, met een onwaarschijnlijke ruk, wordt losgetrokken.

Hoe lang het is blijven druppelen weet ik niet. Schepper heeft zich aangekleed en ze zijn, zonder nog veel tegen elkaar te zeggen het atelier uitgelopen, na elkaar.
Je blijft het volhouden, hè – dat je niet betaald bent voor die

jongen, hoorde ik Minke zeggen, toen ze al in de gang stond. Schepper zal een ontwijkend antwoord gegeven hebben, ik kon hem uittekenen.
Hij is gewend te betalen, zei Minke, hij kan niet anders, hij betaalt voor alles, godweet wat hij in dat kutland voor zijn slaafjes neertelt.
Buiten hoorde ik de auto starten en spetterend wegrijden. Er zijn daar kuilen, in het pad dat ze de oprijlaan noemen, schepper neemt zich na elke beetje regenbui voor om er echt eens wat aan te doen. Het is gaan waaien, beslist, ik hoorde hoe uit de tuin met vlagen afzonderlijke druppels tegen de schuifpui sloegen.
Op een of andere manier heeft schepper het benul gehad om een emmer onder het lek te schuiven. Ze wilden zichzelf bedekken als Adam en Eva, ze wilden onzichtbaar zijn. En ze wilden geen paar zijn, alles wilden ze zijn, maar geen paar.
Een ijzeren emmer was het, even oud als Nimmerdor. Z'n hengsel kletterde en de druppels galmden er schel in, net zo lang tot er een laagje water in stond. Na verloop van tijd vielen de druppels nog maar met tussenpozen van een lange gedachte. Plets. Plats.
Schepper had bij het weggaan de schemerlampen uitgeknipt. De tegenwoordigheid van geest van mensen, ik begrijp er weinig van. Even keek hij mij aan, terwijl Minke al in de hal stond.
Hij vloekte. Ik kreeg de indruk dat hij mij vervloekte. Hij vloekte nog een keer.

Specht stervende, misschien al dood. De man die gewild had dat ik bestond. Die schepper de opdracht had gegeven om mij te maken. Door Specht kwam het dat schepper Tijn had opgediept uit zijn herinnering. Door Specht kwam het dat ik een oogopslag had en een neus die niet te plat was, en een huid van gebrande omber, caput mortem en cadmium-geel, en dat ik

een midden had dat tintelde en een hand zonder duim. Door Specht kwam het dat Lidewij, diezelfde middag nog, naar mijn midden had gestaard en onwillekeurig over haar grote, bolle buik was gaan wrijven. Door Specht kwam het dat die buik groot en bol was, door niemand anders dan door Specht. Voor Specht bestond ik.
Waar was hij? Waar is een mens als hij stervende is?
Specht was de enige die mij levend kon kijken, zo levend als ik bedoeld was. Dat besefte ik plotseling. Er was maar één mens die mij op mijn plaats kon stellen, door mij te zien en te zeggen: Singer, daar ben je dan, nu ben je niet meer zo dood als altijd, je bent wat je bent – en dat was Specht.

Nu moest ik mij verlaten voelen, ik weet het, dat zou mij menselijk doen zijn, vereenzelvigbaar.
Dat ik zei: nu was ik dan dus moederziel alleen, ik linnen met Singer na de dood van Specht.
Maar er was iets.
Er was een aanwezigheid.
Iets van mij werd weerkaatst, dat moest, ik wist dat dat moest, ergens aan de overzijde, in de inmiddels volledig onzichtbare spiegel. Ik weet dat deze gedachte mij rustig maakte. Althans, ik stelde me voor dat de wereld vol volledig onzichtbare spiegels was, die onthielden wat ze weerkaatst hadden.
Ik ben zo'n spiegel, dacht ik zelfs.
Ik bewaar van iemand het evenbeeld.
Ik, drager.
Het hielp niet echt, ik ben geen filosoof, wat ik denk kalmeert mij altijd maar even, ik mis ten enen male de kracht om mijn eigen werk te zijn. Van alle kanten stormden ze op mij af, de vragen, de angsten en de bevens.
Ik leef nog, probeerde ik te denken.
Zelfs al is hij stervende, in het verre Dijkzigt, dan nog is er één die mij zal zien, eens, en die weet wie ik ben. Ik klampte me

vast aan Minkes woorden, tegen beter weten in, want wat kon zij weten van Singer? Toch had ze het schepper toegebeten: blijf je het volhouden, dat hij dood is? Blijf je bij je krokodillentranen?

Er is geen mens die hem gelooft, zoveel begreep ook ik nu. Straks, als Specht gestorven is, dan krijgen ze mij te zien, mensen, onbekenden, mensen even honend als Minke, en ze zullen zeggen: dat is een van Spechts slaafjes, die heeft hij voor veel geld gehaald uit de ruïne van een oorlogsland en naar het atelier van schepper gebracht, en die is hem gaan schilderen, hier, hij werkt toch alleen maar naar het leven, hij kan toch nooit iets maken wat hij niet voor zich ziet...

Het kan, dacht ik met grote kracht, en het was alsof mijn hele bestaan van deze gedachte afhing. Het kan waar zijn wat Minke heeft gezegd. Wat er verder ook met Singer gebeurd is – het kan zijn dat hij niet dood is. Godweet welk spel Specht met schepper heeft willen spelen... wat doet het ertoe? Als hij nog leeft?

Schepper keerde na drie kwartier weer. Het druppelen was opgehouden, een aanzwellende wind had de hemel leeg geveegd. Schepper vertoonde zich niet meer in het atelier, behalve dan dat hij, gevolg gevend aan een onlogische drang naar orde, in het duister de luxaflex heeft opgetrokken. Ergens stond een maan, dat was te zien aan de bleke, wemelende schaduwen in de tuin.

In de ochtendschemering heb ik nog naar mezelf kunnen kijken, ik was een donkere, ondoorgrondelijke vlek op een kleurloze, plooiende ondergrond. Tussen mij en mijn evenbeeld lag het matras, vlak naast de emmer die in een plas water stond. De wind was nu werkelijk een storm geworden, pal op de pui, maar ik zag dat de hemel wolkeloos was.
Alles om Nimmerdor heen ruiste en gierde. Ik denk dat het daardoor komt dat ik het geluid van de auto pas hoorde toen hij bij het tuinhek was. Er werd een portier gesloten, er klonken lichte, haastige voetstappen over de oprijlaan, de voetstappen van een vrouw, en terwijl het geloei van de wind even luwde, was er een plof hoorbaar in de hal. Ik kende dat geluid, het klonk iedere ochtend en daarna kwam schepper altijd met de krant het atelier ingelopen. Maar dit was de krant niet. Weer hoorde ik de portier, de auto werd haastig gestart en scheurde weg, binnen enkele seconden overstemd door de storm. Op hetzelfde moment stommelden boven scheppers voeten, hij roffelde de trap af en opende de voordeur.
Minke! riep hij. Minke, kom terug!
In het atelier was een sterke tocht ontstaan, het ploppapier in de hoek verschoof ritselend, het was alsof er een koude adem

langs mijn hele oppervlakte streek. De voordeur viel met een klap dicht. Het atelier bedaarde op slag.
Meteen daarop kwam schepper binnen met een envelop in zijn hand.
Hij had hem al opengescheurd en las hardop, alsof hij op een toneel stond, de eerste regels van een brief: Felix, dit is het artikel dat zodra Specht gestorven is in *Kunst & Stof* verschijnt, alles is gecheckt en dubbel gecheckt. Ik had het bij me vanavond, om het je voor te leggen, maar alles ging anders, ik had het je willen geven, ik begrijp ook niet wat er gebeurde, vergeef me, ik vond je ineens weer zo Felix van toen, zoals jij naar me kijkt kijkt niemand, maar toen je zei wie het was op het schilderij – lees het, alsjeblieft, en schrik niet en vergeef me – in het artikel staat de waarheid en niets dan dat.
Schepper had dezelfde kleren aan als enkele uren geleden, zelfs zijn bespikkelde schoenen droeg hij nog, hij moet zonder zich uit te kleden op zijn bed zijn neergeploft. Hij vouwde enkele getypte vellen open, staande tussen mij en mijn spiegelbeeld. Ik kon goed zien dat er enkele printen in de envelop zaten, kleurenprinten. Een van de printen dwarrelde op de grond. Schepper was naarstig aan het lezen, meer dan ooit begreep ik dat ik volledig afhankelijk zou zijn van het toeval, voor ik de strekking van Minkes artikel zou beginnen te begrijpen. Schepper liet de weg gedwarrelde print voor wat hij was.
Tijdens een van de poseersessies met de kinderen van de charismatische haptonoom had ik schepper wel eens horen spreken, met de oudste van de drie jongens, over het internet. Dat je daar *op* kon zijn; dat je daar alles wat je hartje begeerde van down kon loaden. Dit was er zo een, een print van het internet, het was een foto, hij lag, van mij uitgezien, op zijn kop. Ik zag te weinig om meer te kunnen onderscheiden dan dat het een menselijke figuur was. Toch sloeg het me krankzinnig koud om het hart. Het was een donker iemand, daar op dat papier.

Toen hij de brief uit had bleef hij lange tijd voor zich uit staren, dat wil zeggen ongeveer naar het ploppapier. Zonder iets te zien, zonder zich te bewegen, het was alsof hij zelfs niet ademde.
Dus toch, zei hij. Hij kreunde.
Ik kreeg de indruk dat hij wilde overgeven, het was althans alsof zijn adamsappel een eigen leven begon te leiden. Hij slikte enige tijd hevig. Toen verdween hij naar de woonkamer.
Hij verplaatste lucht en daardoor kwam de print op de grond zo te liggen dat ik hem beter kon zien.
Een jongen, een zwarte, inderdaad, naakt en liggend op een bed. Hij had zijn ogen gesloten.
Ben ik hem, dacht ik.
En ik wist het. Dit is Singer. Dit ben ik.
Nu hoorde ik de televisie, die had schepper aangezet. Hij liep, onzichtbaar voor mij, de woonkamer uit, naar de wc, volgens mij probeerde hij over te geven, maar dat gebeurde niet en toen hij de kamer weer inkwam, was het eerste nieuws net begonnen.
Wat verwachtte hij te horen? In het Dijkzigt overleden de Rotterdamse baggerkoning Valéry Specht, langdurig ziekbed, befaamd kunstverzamelaar, naar verluidt de meest gefortuneerde man van Nederland, liefhebber van minderjarige jongens, laat een wereldwijd imperium van vastgoed na?
Het ging alleen maar over een oorlog die nog gevoerd moest worden, zodra de rest van de wereld zou begrijpen hoe gevaarlijk de dictator was.
Schepper knipte de televisie uit.
Het verbaasde me niet dat het eerste waar hij nu aan dacht de cheque was. Die haalde hij te voorschijn uit de lade van de grote tafel, tussen de potloodstompjes en de paperclips vandaan. Ik weet niet waar hij nu naar staarde, naar de handtekening, het enige directe bewijs, hier in het atelier, van Spechts bestaan? Hij legde de cheque op tafel en raapte de print op van

de grond. Ik kon zijn gezicht nu zien, het was alsof zijn haren recht overeind stonden, als had hij door de storm buiten gelopen. Hij had zijn lippen opeen geperst, alsof hij zich dwong om zijn hoofd koel te houden.
De envelop, de brief en de print, een stuk of vijf moesten dat er zijn, legde hij naast de cheque op de tafel. Daarna liep hij naar de spiegel tegenover mij, zette die op zijn kant en draaide hem om, met de lichtgrijze, gecraqueleerde achterzijde naar mij toe. Scheppers handelingen waren vastberaden geworden, hij beende naar de beamer die op zijn standaard vlak bij het ploppaper stond, zette die vlak naast mij neer en schakelde hem in. Vervolgens haalde hij een video te voorschijn, ik herkende hem meteen, het was Spechts video van Singer. Die duwde hij in de videospeler van de beamer en hij richtte de lens op de grijswitte rug van de spiegel.

Het is niet mijn eigen idee geweest, om mens te worden. Maar eens ben ik uit Van Schendel gehaald, als uit een ver continent, door een man die een mens van mij zou maken. Er is geld voor mij neergeteld, ik kostte beduidend meer dan Dubbeldraads Geweven en mijn latten zijn verlijmd, drie punt zes maar liefst. Waar het vandaan kwam, het verlangen dat ik hier in Nimmerdor ben gaan voelen, ik weet het niet, maar het kwam in mij op, niet als een gedachte, maar als een wind, die ongemerkt gaat waaien, ik kon niet anders dan willen wat schepper wilde, ik verlangde nooit naar iets heviger dan naar Singer zijn, en leven, en naar de blik van wie dan ook die, mij ziende, zou zeggen: hij lijkt wel echt, kijk, een mens. Singer. Niets van dit alles is mijn idee geweest en toch moet ik nu voelen wat mensen voelen, zelfs het laatste wat zij voelen wordt mijn deel, ik heb te voelen hoe onbedaarlijk bang zij kunnen zijn, hoe redeloos wanhopig angst hen maakt.
Schepper was een en al angst. Ik ga eraan, dacht hij, als de wereld ziet wat ik nu zie, dan ben ik in ieders ogen de grootste smeerlap die er is... de misdaad, de misdaad... wie zal er ooit nog voor mij willen zitten... Nimmerdor, Nimmerdor wordt nooit van ons... Lidewij, hoorde ik hem fluisteren, als Lidewij dit ziet... Toch projecteerde hij de video van Singer op de achterzijde van de spiegel. Alles wist hij al, toch wilde hij het zien.

Zo kreeg ik hem dan dus voor het eerst frontaal voor ogen, de opname van Singer, met de spelende kinderen net buiten het zonnige raam, met de scheepshoorn van de boot uit Chora Sfakion, met het roerloze donkere lichaam van de jongen waar het allemaal mee begonnen was. Schepper zette het beeld stil,

de zomerse geluiden verstomden, schepper klikte enkele malen door tot de strepen uit het beeld verdwenen waren. En toen keek hij naar de prints. Een voor een vergeleek hij de prints met wat hij tegenover zich in het atelier zag en bij een print, dezelfde die op de grond gedwarreld was geweest, bleef zijn blik het langst hangen.
Godverdomme, zei hij.
Snel bracht hij de papieren naar de tafel en rende het atelier uit. Ik hoorde dat het kotsen nu wel ging, er klonk een infernaal gerochel en daarna de doorgetrokken wc.
Al die tijd staarde ik naar Singer, stilgezette, gecraqueleerde Singer, liggend in zijn zomerse bed van weleer.
Teruggekomen manipuleerde schepper de beamer zo dat Singers gezicht steeds dichterbij leek te komen. Ik weet niet of schepper nu al zag wat hij wilde zien. Singer werd steeds monsterachtiger uitvergroot en toen liet schepper het beeld los, dat is het woord, hij drukte op een knop die de bevriezing van het uitvergrote gezicht als het ware verbrak. Het beeld bewoog, maar het was niet Singer die bewoog, het was degene die keek, de camera. Singer leek zelfs niet te ademen.
O God, zei schepper.
Dood.
Zei hij het hardop?
Meestal was ik de eerste om te begrijpen wat schepper te begrijpen had, maar ditmaal was hij me overduidelijk voor. Hij was in staat om een mogelijkheid te overwegen die op een of andere manier buiten mijn begrip lag.
Hij was in staat om Singer dood te denken.
Dat was het.
Hij zag Singer dood zijn.
Hij had het al begrepen en nu zag hij het. Met eigen oog.
Dat had hij al die weken dat hij, kijkend naar de video-opnamen, de voorbereidingen aan het treffen was voor het schilderij, niet gekund. Niet gehoeven ook. Niet gewild.

Maar nu kon hij het klaarblijkelijk denken.
Dit, deze video-opname, dat is Singer dood.
Ik heb naar de dood gewerkt.
Hij moest dit denken, begreep ik. Alles wat hij had gelezen in het artikel van Minke leek hem maar op een gedachte te brengen. Ik vraag me af of ik genoeg van mensen begrijp om te bevatten wat zij bedoelen met dood. Schepper keek naar Singer en kon alleen maar denken: hier, in deze ene fractie van een seconde van deze video is hij al dood. God weet hoe of waarom, maar hij is dood. En ik heb precies dat gedaan wat Specht vroeg, het allereerste wat hij gevraagd heeft, hier in het atelier.
Werkt u ook naar de dood.
Schepper knipte de beamer uit en trok de video uit de afspeler. Godverdomme, Specht, wat heb je mij aangedaan. Dat hoorde ik schepper nu zeggen, sissend. Welk goor ziek spel heb je met mij gespeeld.
Op dat moment riedelde zijn telefoontje, het lag op de grote tafel naast de andere spullen.
Ja, zei hij, vreselijk zacht.
Wie er ook was, aan de andere kant van de lijn, de stem kwam uit een ander universum, dat was duidelijk.
Hoi, lief.
Even liet hij het telefoontje zakken, maar hij liet het niet vallen, hij klemde het tegen zijn borst.
Nee, zei hij terwijl hij het weer tegen zijn oor drukte. Ik ben al op. Nee, niets, er is niets, het waait alleen maar ontzettend, wat ben je krankzinnig vroeg, het is – o, is het al zo laat, is er iets.
Ik zag dat schepper op dit moment de grootste krachtsinspanning van zijn leven aan het leveren was.
Hij begon te luisteren. Misschien had ik, als ik heel scherp had geluisterd Lidewij's stem kunnen horen, maar verstaan hebben zou ik haar nooit, niet met deze storm om Nimmerdor heen.

Ingeleid, hoorde ik hem zeggen.
Lidewij legde uit wat dat was, alsof dat nodig was, het was al begrepen. Het kind, het moest ter wereld komen, nu, vandaag, straks, Lidewij had weeën gehad die nacht, te zwak om te baren, maar zelfs al was het meer dan een maand voor de uitgerekende dag, het zekere moest voor het onzekere genomen worden, had de dokter gezegd, de weeën werden nu kunstmatig opgewekt, de partus werd ingeleid, die woorden herhaalde schepper, partus, ingeleid, het was beslist het beste als het een zo natuurlijk mogelijke echte bevalling werd, maar als er complicaties zouden komen, dan zou het operatief worden gehaald.
Keizersnee, hoorde ik schepper vragen.
Het was duidelijk dat Lidewij hem gerust probeerde te stellen, ze had ze nu om de tien minuten, kanjers van weeën.
Een centimeter, herhaalde schepper. Een centimeter ontsluiting.
Nu hoorde ik, dwars door scheppers trommelvlies heen een kreet.
Ademen, riep schepper, rustig ademhalen.
Hij haalde ostentatief hoorbaar rustig adem, dat duurde wel een minuut.
Toen dat voorbij was zei hij: lief, ik kleed me nu aan.
Waarom hij dat zei weet ik niet, ik geloof dat hij zich werkelijk even voorstelde dat hij net op was, in pyjama, en in een leven waarin alleen deze ene geboorte plaats zou grijpen.
Hou je taai lief, ik kom eraan.
En hij klikte het telefoontje uit.
Dat was tien minuten geleden.
Ik heb hem niet rond zien kijken daarna. Een en al handeling werd hij. Hij opende de schuifpui en rende de tuin in. Er sloeg een golf lucht naar binnen, het ploppapier woei op, de print en de foto's woeien van tafel. Onder het afdakje naast de serre haalde hij brandhout te voorschijn, droog kreupelhout dat Li-

dewij in het najaar uit het berkenbos had gesprokkeld. Aan het eind van de tuin, tegen de rietzoom aan, tastte hij een brandstapel op. Uit het atelier haalde hij een plastic fles peut, die goot hij over de takken uit en daarna kon hij nergens in Nimmerdor lucifers vinden, totdat hij in de lade met de potloodstompjes een doosje vond, daarmee rende hij naar buiten. Het vuur laaide op als een explosie, met een soort reuzenzucht sproeiden er vonken omhoog, schepper gooide nog een armvol takken op de vlammen en rende het atelier weer in. Overal graaide hij de prints, foto's, de video en zelfs de cheque ter waarde van vijftigduizend euro vandaan, en die wierp hij in het vuur, dat nu even hoog was als hij zelf, even stond zijn contour zwart afgetekend tegen de laaiende vlammen, ik kan hem van waar ik sta met een ooghoek zien, ik heb een seconde lang kunnen denken dat hij zichzelf in het vuur zou werpen, zo hoog laait het nu op, zo klein is hij, mijn hemel, wat een onbeduidende gestalte heeft hij en nu draait hij zich om... niet voor mij, maar om in de verflappenmand te graaien, daar haalt hij de zwarte plastic tas met onaangeroerde video's uit te voorschijn, wat hebben die ermee te maken, toch loopt hij de tuin weer in, het ruikt terwijl hij weer terug loopt naar gif, de vlammen worden waar zij de videobanden verslinden hardgroen... toch draait hij zich weer om...

Dus dat is het dan, hier komt mijn aanwezigheid in de wereld op neer. Dat ik gedragen heb het beeld van iemand die ik nooit zal kennen, die mij nooit zal zien. Dat ik in opdracht ben gemaakt, van iemand die sterft voor hij mij op kan komen halen. Dat alles wat ik van mijzelf zou zien mijn spiegelbeeld was – het vreemdste, ondoorgrondelijkste beeld mij ooit vergund, en toch was het niets anders dan wat ik was.
Ik maaksel, geschapen door mensenhand, gemaakt voor mensenogen.
Mensen zijn banger voor de dood dan wij, de maaksels. Ik ben dit terdege gaan begrijpen. Tel bij mijn angst duizend angsten op en dan begin je te begrijpen wat mensenangst is. Ik weet niet waarom mij dit besef gegeven is, ik ben geen mens, ik ga straks op in rook. Waarom heb ik moeten *weten*? Dat ze het niet kunnen, de mensen, dat wat mij nu te wachten staat? Ze kunnen het niet, verdwenen zijn.
Wie Specht ook is geweest, hij had niet gewild dat Singer verdwenen was – en is naar schepper gegaan en heeft hem het onmogelijke gevraagd. *Maak hem levend.* En hij noemde de jongen zoon, god weet waarom.
En schepper is aan het werk gegaan, op mij, op mij, op maxima mij.
Ze denken dat ze scheppen, maar ze maken iets dat niet te hebben is, het ontsnapt ze, ze weten niet wat ze scheppen. Ze zetten monsters op de wereld, Singers maken ze van ons, ze maken een mens en worden dan doodsbang, Singer, waarom jij, waarom heb je bestaan?

Nu staat hij tegenover mij. Schepper. Hij ruikt naar brand. Er is een adertje gesprongen in zijn linkeroog. Hij heeft de muis van zijn linkerhand verbrand, die houdt hij tegen zijn mond. Hij heeft zijn hand langs zijn voorhoofd geveegd, daar is een zwarte veeg getrokken, een houtskoolstriem.
Waarom, waarom moet ik eraan?
Welk onbegrijpelijk gevaar loopt schepper nu door mij?
Alles wat naar mij verwees, alles waar ik op te zien zou kunnen zijn, alles wat zou kunnen bewijzen dat ik heb bestaan, alles moet eraan...
Dus dit is het dan. Hier voor me. De man die niet wil dat ik besta. Ik mag niet bestaan, ik mag niet hebben bestaan. Als ik besta, loopt hij gevaar, ik zie het hem denken, het is ik of hij, ik of hij... hoe is dit mogelijk? Hoe is het mogelijk dat schepper mij wil doden? De hand die mij maakte zal die dan zijn de hand die mij doodt?
Hij spreidt zijn armen, maar hij is niet wijd genoeg om mij van spie tot spie te vatten. Hij bukt zich, grijpt mijn bovenlat en die van onderen, en draait mij tillend op mijn kant. Nu ben ik staand, maar met mijn hoofd naar beneden, hij klemt mij tegen zich aan, hij ziet geen barst met mij zo tegen zich aan, hij wankelt als een danser met een dode partner boven zich uitstekend in zijn armen.

Er gebeurt iets wat schepper, verblind als hij nu door mij is, niet kan weten. Toch voel ik het. Iets achter mij, iets tussen mijn linnen en mijn raamwerk geklemd laat mij los. Het was nauwelijks te voelen, iets liet mij los en dwarrelde onherroepelijk van mij vandaan.
En zo wankelt hij de serre uit, mij omhelzend, de drempel van de schuifpui struikelt hij nu over, ik val ruggelings op het koude gras, hij raapt mij vloekend weer op en hij zeult mij over het gazon en in mijn rug voel ik de hitte naderen. Zijn mond drukt tegen mijn buik, of is het mijn midden, twintig centi-

meter naar rechts, hij stommelt voort, nog twee stappen en hij laat mij los...

Het heeft geen zeer gedaan, dat is het niet. Als het om lijden gaat, als een mens, dan zijn er andere verhalen, die dieper peilen en mateloos veel meer de waarheid zijn. Er was precies zoveel vuur als nodig om een Zeer Dicht Geweven Vier Maal Universeel Geprepareerd Linnen van twee bij een twintig in rook op te doen gaan. Ik tuimelde achterwaarts de hitte in. Mijn doek vatte eerder vlam dan de latten, de spieën, het kruis. Ik knetterde want ik was kurkdroog. Ik dacht één flinterdunne gedachte: hij heeft me niet eens gesigneerd. En ik werd, jawel, een vonkenregen, dat stelde ik mij terdege voor terwijl ik de verf voelde smelten en schepper zag staren, ondersteboven, nauwelijks enkele seconden en toen draaide hij zich om. Mijn lattenwerk was verlijmd, drie punt zes maar liefst, ook de latten van het kruis, die moeten nog geruime tijd gefakkeld hebben, maar ik werd een regen vonken en mijn vonken werden vlokken as, een grote vonk werd een speciaal heel grote vlok en dreef over schepper heen die langzaam terugliep naar zijn atelier, de tuin door, dwarrelend, als een sneeuwvlok die zijn sneeuwbui is kwijtgeraakt, en ik daalde, op een merkwaardig kalm stootje wind Nimmerdor weer in. Ik geloof dat schepper mij zag, hij volgde mij met zijn blik en moet mij neer hebben zien dwarrelen, een heel eind het atelier in, als een veertje welbeschouwd ook heus, en ik kwam terecht op de achterzijde van een polaroid.
Daar is hij, haastig opnieuw, heen gelopen en hij heeft mij opgeraapt.
Niet mij als vlok.
Dat kon ik mij meteen al niet voorstellen.
Verdomd, zei hij, en keek, althans, ik voelde hoe ik werd opgeraapt en omgedraaid, en in tweeën gescheurd. Daarna werd ik aangekeken, door schepper, en ik keek terug, en ik begreep

wat ik had gevoeld, toen iets mij zo onnaspeurbaar losliet. De polaroid! De polaroid met mij erop.

Het is niet zo dat ik me plotseling klein voelde. Integendeel, ik was zo wijd als altijd, ik was mezelf met alles erop en eraan, alleen ik was niet meer het doek, ik was van mezelf de weergave, de enige, en ik bestond, jawel, als op de wade het gelaat bestond ik, door midden gescheurd als ik was bestond ik, als op de rand van het laatste glas Lidewij's moeder.

Ik wist zeker dat ik nog een keer overdwars verscheurd zou worden en daarna nog een keer en in de prullenbak gegooid, maar dat gebeurde niet. Schepper keek mij aan, mijn minuscule ogen wisselden een blik met hem en hij sloot zijn ogen, alsof hij hoopte dat hij droomde, en stopte mij uiteindelijk in de borstzak van zijn overhemd.

VIJF

Wat ik nu meemaak is met geen pen te beschrijven. Nog even afgezien van de scheur, die van mij twee helften heeft gemaakt, achter elkaar geschoven in scheppers linkerborstzak, waardoor ik in feite twee snippers ben geworden, heb ik nu ook nog te stellen met een donker, regelmatig kloppend geluid. Ik ben met mijn afbeelding tegen scheppers lichaam aan gekomen, in een zweterige duisternis, en het is alsof ik met mijn oor op een grote trom ben gedrukt. Elke tel hoor ik een dreun, die soms wordt versneld en dan is er ook een soort balg te horen. Dat is het woord, balg, mijn wereld gaat nu zwaar ruisend op en neer.

Tot mijn verbazing heeft schepper, na de voortuin te zijn ingerend, niet de bestelwagen genomen, maar de fiets. Later zou ik begrijpen waarom. Vlak bij het hek van het pad dat de oprijlaan wordt genoemd heeft de storm een boom ontworteld, dwars over de tuin en het pad. Terwijl schepper zijn fiets over de boom sleurde, werd het gebalg zwaarder en het gedreun onregelmatiger en radelozer.

Zo vlak bij een lichaam ben ik nooit geweest. Het is krankzinnig, ik heb heel mijn raamwerk en mijn linnen moeten verliezen om zo dicht op iemands huid te zitten. Ik begin er iets van te begrijpen, van hoe het is om van vlees te zijn en te ademen, en een hart te hebben, dat je opjuint als was je een schip voor een storm uit. Hoe houden ze het met zichzelf uit, de mensen? Niet alleen zweet rook ik, maar nu en dan ook vlagen bos. De wind luwde, maar mijn buitenste achterzijde werd nu en dan beduidend koeler, van flarden vochtige ochtendlucht.

Ik moet, toen ik nog doek was en onbeschilderd, dit traject hebben afgelegd, in omgekeerde richting, in het bestelwagen-

tje, maar ik herinner mij daar niets anders van dan gebonk door een zomers bos en een stroom lichtvlekken die tussen de voorbijglijdende bladeren door op mijn witte oppervlakte werden geprojecteerd. Toen was het alsof ik werd geschaakt door mijn minnaar. Nu dacht ik nog maar één ding: hier ben ik niet voor gemaakt, om als een mens in beweging te zijn, dit overleef ik nooit.
Hoe lang de fietstocht door het bos en de villabuurten geduurd heeft weet ik niet, maar toen we bij Lidewij in het ziekenhuis aankwamen was de ontsluiting inmiddels drie centimeter en kwamen de weeën om de drie minuten. Een kwestie van uren, zei een vrouwenstem. Ze sprak de w uit als een oe, en had een zachte g. De weeën moeten wat je noemt nu echt opgevangen worden, goed dat u er bent.
Schepper hijgde nog na, hij was steeds harder gaan fietsen en nu probeerde hij, als er een wee kwam, mee te ademen. Hij was, neem ik aan, naast het bed gaan zitten. Ik kreeg de indruk dat een wee iets is wat pijn doet.
Er hing iemand in dezelfde ruimte aan de muur, althans ik hoorde schepper iets zeggen over de reproductie van een ding met waterlelies en een vijver. Dat was na een tijdje, toen hij enigszins gewend raakte aan het ritme van de weerkerende weeën. Hij zocht naar een onderwerp om Lidewij in de tussenliggende minuten af te leiden.
Die had ik ook kunnen zijn, dacht ik, en ik voelde een afgrondelijke spijt, een Monet hoogglans afgedrukt had ik kunnen zijn en heel mijn leven elke dag lang in een regionaal ziekenhuis de menselijke geboorte bijwonen.

Schepper had zich, toen hij binnenkwam, voorovergebogen om Lidewij te kussen.
Je ruikt naar brand, zei Lidewij.
Schepper zei dat hij een vuurtje had gestookt.
Zo 's morgens vroeg in pyjama, zei Lidewij.

Papiertroep, oude schetsen, verfdoeken, zei schepper.
Gek, zei hij na een stiltetje, ik werd vanmorgen wakker en ik wilde van de rotzooi af.
Kennelijk voelde je het aankomen, zei Lidewij. Zul je altijd zien.
Daarop begon ze te kreunen en schepper ademde demonstratief tussen zijn lippen door, en om mij heen balgde het als een oordeel. Toen de wee voorbij was viel er een stilte.
Hij ligt uit de kunst, zei de stem met de zachte g, kop keurig naar benee.
Ze verwijderde zich neuriënd uit de ruimte.
Dat was een kanjer, zei Lidewij. Ze worden elke keer harder.
Ze wilde scheppers hand vastpakken, maar die zei au.
Verschroeid, zei hij. Het laaide ineens heel hoog op, kwam door de wind.
Er viel een stilte.
Je hebt een veeg daar, zei Lidewij. Ik geloof dat ze met haar mouw scheppers voorhoofd probeerde af te vegen.
Heeft die journaliste nog gebeld, vroeg ze.
Minke Dupuis, vroeg schepper. Hij probeerde tijd te rekken, dat merkte ik, alsof zijn leven ervan afhing deed hij zijn best om alles onbelangrijk te laten zijn wat nu, hier, in deze ruimte, niet gebeurde. Hij hoopte zonder antwoord de volgende weeëngolf te halen, hij hoopte buiten de waarheid om zijn kind te halen.
Ze staat nog op mijn hand, zei Lidewij. Kijk maar, haar nul zes nummer.
Er kwam nog lang geen wee. Ik hoorde een hoog gesuis, van apparatuur, neem ik aan.
Ik heb idioot gedroomd vannacht, zei Lidewij. Dat hij geboren was.
Hij, zei schepper.
Ja, hij was een hij geworden en hij was geboren en ik moest naar Nimmerdor rijden in een riksja. Jij was al thuis en ik reed

door de kuilen van het pad en riep steeds hou je vast, en toen was er een speciaal heel diepe kuil en ik dacht hij is eruit gevlogen, uit de riksja achter me en ik keek achterom – daar komt er weer een aan.

Lidewij begon te kreunen en schepper te hijgen.

Dat was maar een kleintje, zei Lidewij. Daar hebben we niets aan.

Ik zag in het duister van scheppers binnenzak ineens haar glimlach voor me.

En toen, vroeg schepper. Je keek achterom en toen.

Toen zat daar Singer. In de riksja. Zo groot als een baby en toch helemaal Singer.

Ik voelde hoe scheppers hart begon te bonken.

En toen, vroeg hij. Ik merkte dat hij hartstochtelijk hoopte dat dit de hele droom was.

Lidewij aarzelde en zei toen snel: toen werd ik wakker en had ik de eerste wee te pakken. Nog niet zo hard als nu, maar toch. De eerste wee. Idioot.

Idioot, ja.

Ik geloof dat schepper haar wilde kussen, maar Lidewij zei nog iets.

Weet je wat ik dacht toen ik wakker was – ik ving de eerste wee op en ik dacht: als dit een opdracht is, die iemand mij gegeven heeft en ik ben zo gek geweest om hem te aanvaarden, dan kan ik hem niet meer teruggeven, zelfs al zou ik dat nog zo willen, nu.

De vrouw van de stem was weer binnengekomen, ze wierp zwijgend blikken op de apparatuur waar Lidewij mee verbonden was.

Kijk, zei ze tegen schepper, die streep, dat is zijn hartje. Keurig. Maar hij mag híer niet onder komen.

Ze verdween weer uit de ruimte, kennelijk had ze schepper aangewezen waar het streepje niet onder mocht komen.

Ik voelde aan zijn ademhaling dat schepper iets wilde zeggen.

Het was alsof hij, toen hij Lidewij het woord opdracht hoorde zeggen, een kloek besluit had genomen, compleet met diepe zucht en zichzelf volzuigen met lucht.

Lidewij, zei hij. Het leek me dat zijn stem dieper was. Wonderlijk trouwens, hoe een stem in een borst resoneert en daar alles doet trillen. Ze zijn van onbegrijpelijk materiaal gemaakt, stervelingen.

Lidewij, zei schepper. Singer is er niet meer.

Hij schrok, met een overslaand hart, van haar reactie. Ze had o God gezegd, het klonk als een kreun. O God, dus toch, ik heb het gedroomd.

Schepper haalde opnieuw diep adem.

Singer is opgehaald, zei hij.

Opgehaald, herhaalde Lidewij. Waarom zeg je dat nu pas. Opgehaald.

Ze was opgelucht, dat kon ik aan alles horen.

Opgehaald, door wie –

Door de man van de telefoon, zei schepper. De man van de terreinwagen. Je weet wel, die een halfjaar geleden opbelde, toen ze hem niet kwamen ophalen.

En.

En wat.

Hoe reageerde hij.

O. Geen idee. Mooi, hij vond het mooi. En dat het leek.

En Specht.

Schepper weifelde. Op een of andere manier kon hij niet zeggen wat hij die nacht van Minke had gehoord – dat Specht stervende was.

Specht zal tevreden zijn, zei de terreinwagenman. Meer dan tevreden. Specht kon niet meekomen. Hij schijnt ziek te zijn.

Ernstig, vroeg Lidewij.

Geen idee, zei schepper.

Arme Singer, zei Lidewij. Als hij maar niet te laat is.

Hij is maar van verf, zei schepper.

Zo moet je niet praten, zei Lidewij. Je hebt er heel je ziel en zaligheid in gelegd.
Er was weer een wee op handen. Lidewij ving het doodstil op en schepper ademde nauwelijks mee. Toen hij voorbij was hoorde ik een tijd niets en daarna gesnik.
Hou me vast, zei Lidewij.
Schepper boog zich voorover en legde zijn rechterarm over Lidewij's borst.
Stil maar, zei hij.
Lidewij's gesnik klonk krankzinnig nabij, het was alsof ze in scheppers borstzak ademde en mij aanblies. Toch was het geen verdriet, dat hoorde ik. Het was iets anders. Angstiger dan verdriet.
Het was zo'n vreselijke droom, zei ze. Vreselijk. Ik keek achterom de riksja in en daar zat Singer en Singer was dood. Ik reed al uren door het bos en al die tijd was hij dood.
Ze huilde nu met lange gierende uithalen.
Stil maar, bleef schepper zeggen. Stil maar.
Op dit moment klonk de stem van de vrouw, ze vloekte en klonk hoog en schel.
Ik zei u toch, als het streepje hieronder komt, waarschuw me dan!
Ergens verderop in de gang klonk een zoemer. Schepper had Lidewij losgelaten, er naderden voetstappen, de deur van de ruimte zwaaide open.
Hoe lang geeft hij al geen signaal meer, vroeg een man.
Geen signaal, zei schepper toonloos.
Wat is er, vroeg Lidewij. Is er iets niet goed.
Roep Verdurmen op, zei de mannenstem. Hij is nog in het gebouw.
Voetstappen verdwenen, andere kwamen binnen, schepper werd naar een hoek van de ruimte geduwd, er werd apparatuur losgekoppeld. Of Lidewij nog een wee kreeg tijdens de consternatie, dat weet ik niet, feit is dat zij met bed en al werd

weggereden en dat schepper zich in beweging zette, de gang op, achter het bed aan, zijn hart sloeg als een hamer.

Ik ben erbij geweest, bij deze laatste bange uren voor de afloop aan schepper werd verteld, door een uitgeputte chirurg die stamelend moest kiezen wat hij eerst zou vertellen – hoe het met Lidewij was, of hoe met het kind – maar ik herinner me niets anders dan het gebonk van scheppers hart en de onbedaarlijke golven van zijn panische ademhaling. Het was duidelijk dat Lidewij verdwenen was achter de sluisdeur van de operatiekamer. Nu en dan verliet schepper het ziekenhuis om kort door een bos te lopen. Ik geloof dat hij in zichzelf sprak. Het leek op hoe hij praatte toen hij aan mij werkte, hoe lang geleden alweer, maar hij praatte niet met mij en hij klonk alsof hij onophoudelijk vragen stelde, waarom, waarom, waarom, hoorde ik hem zeggen, briesend zowat, en plotseling meende ik hem zelfs *genade* horen roepen, of *spaar me*, mijn hemel, wat moest ik denken aan Specht, maar ik had totaal niet de indruk dat schepper nog bij machte was enigerlei verbinding te leggen, eigenlijk was het me een raadsel waar zijn woorden, als hij ze al uitsprak, heen gingen – wat doen ze toch, mensen, als ze zulke dingen roepen, sta me bij, tot wie richten ze zich?
Mij bonkten maar weinig gedachten door het hoofd. Ik bestond niet meer, zoveel was duidelijk. Toch was ik de laatste geweest aan wie Lidewij had gedacht voor ze naar de operatiekamer verdween. *Ik reed door het bos en al die tijd was Singer dood.* Ik herhaalde de woorden als een soort mantra. In tweeën gescheurd was ik en toch was ik nog altijd Singer, ik zat achter in de gedroomde riksja en mijn moeder keek achterom. Jawel, wat kon ik anders dan mij vastklampen aan de blik die achterom geworpen zou kunnen zijn, mamma, mamma, kijk om, kijk toch in godsnaam om, laat mij bestaan, ik ben er toch, al

ben ik alleen maar in Lidewij's verdoofde hoofd, al word ik met kracht verscheurd en uit mijn schepper weggedacht, al ben ik een rammelende dode achter in de droom van een vrouw onder narcose, kijk om, kijk om...
Wie ben ik als zij mij ziet?
Wat is dit voor lot, dat ik altijd alleen maar weet wie ik ben als er naar mij gekeken wordt?
Wie ziet mij, alsjeblieft, wie maakt dat ik besta?

Het moet eind van de ochtend zijn geweest toen schepper in een gang van het ziekenhuis de sluisdeur zag opengaan en te horen kreeg dat hij de vader van een zoon geworden was.
Een achtmaandszoon.
Er volgden details met maten en gewichten, maar die hoorde schepper niet, hij vroeg alleen maar, mijn vrouw, hoe is het met mijn vrouw.
Uw zoon is in de couveuse nu, hij moet voorlopig bewaakt, zei de chirurg, u krijgt hem binnen een kwartier te zien, maar achter glas helaas voorlopig nog eventjes.
Pas toen beantwoordde hij de vraag.
Uw vrouw.
De chirurg haalde diep adem en wiste zich het voorhoofd af.
Buiten westen maar buiten levensgevaar.
Je kon horen dat hij deze zin al eens eerder had gezegd.
Uit schepper welde een kreun op die ik van zeer nabij kon horen opkomen, diep uit zijn buik daverde balgend een kreun op die mij deed dreunen.

Hij heeft Lidewij zien liggen, buiten westen inderdaad, in een kamertje vol apparatuur.
Dappere dodo, had hij gefluisterd, terwijl hij haar voorhoofd kuste.
Hij is naar de kraamafdeling gegaan waar de couveuses zijn en daar heeft hij door een raam naar een poedelnaakt kindje gestaard. Het haalde adem alsof het teugjes vloeibare lucht dronk.
Een jongen, zeer zeer duidelijk was dat te zien.
Stijn, fluisterde hij.
Dit alles heb ik naderhand pas begrepen, toen Lidewij met Stijn, zoals de zoon inderdaad zou gaan heten, op Nimmerdor was weergekeerd. Knoeperts van ballen, zei schepper toen.
Hij verliet halverwege de middag het ziekenhuis maar fietste niet naar huis, althans niet direct. Hij fietste juist de andere kant op, Laren door, naar het eindeloze pad dat Noord-Holland en Utrecht van elkaar scheidt. Hij fietste bedaard, en bedaard waren ook zijn hart en zijn ademhaling. Het was windstil geworden. Overal op het fietspad lagen de afgerukte takken van de nacht. Voorbij de Witte Bergen waren mannen bezig een omgewaaide beuk in stukken te zagen, ik hoorde het gebrul van kettingzagen.
Die waren nog te horen, heel in de verte, toen schepper afstapte. Hij kende het hier. Hij zette zijn fiets tegen een boom en liep naar een andere boom. Hij deed met die boom iets vreemds, wat ik heel goed kon voelen. Hij drukte zich tegen de stam aan, eerst met zijn hoofd, als drukte hij zijn oor tegen iemands borst, en toen met zijn hele lichaam, als omhelsde hij de boom. Het voelde schorsig en ruw.

Pas toen begreep ik dat de grote schokken die ik voelde niet van buiten kwamen, niet van de boom, zoals ik even meende. Ze kwamen op uit schepper zelf, uit zijn middenrif. Schepper huilde. En terwijl hij huilde liet hij zich, geklemd tegen de boom, zakken, door zijn knieën en huilend rolde hij op zijn zij. Zo bleef hij liggen tot de schokgolven minderden. Toen kwam hij overeind en ging zitten, midden op een pak vochtige bladeren, met zijn rug tegen de boom.

Hier zat hij dan dus en haalde mij te voorschijn.

Een voor een, wij, de twee helften van zijn maaksel. En hij legde ons neer op zijn schoot. Heel voorzichtig schoof hij ons tegen elkaar en hij keek ons tot een geheel.

Tijn, zei hij.

Waar ben je, Tijn.

Ik wist terdege hoe onbegrijpelijk klein ik was, hoe minuscuul mijn hoofd, waar hij neuspeuterend wekenlang aan had gewerkt, en hoe minuscuul mijn midden, millimeters rechts van de scheur. Ik was als een gedachte zo minuscuul en toch keek ik uit Singer op en was zo wijd als ik altijd ben geweest. Zo zeg ik het goed, geloof ik. Ik keek op uit scheppers maaksel en was zo wijd als ik kon zijn en zag scheppers gezicht en hoe hij niet te bedaren was. Mijn hoofd, eens heb ik het ja heus *gelaat* genoemd... een traan was voldoende om het te verdrinken, zo minuscuul was ik, en schepper veegde met zijn linkerduim mijn hoofd weer droog.

Singer, zei hij.

Waar ben je, Singer.

Schepper keek op en om zich heen, alsof wij er waren, Singer en Tijn en de pasgeboren zoon die Stijn genoemd zou worden.

Hij zei dit alles hardop, niet tegen mij, maar het was voor mij bedoeld.

In de verte klonken de kettingzagen, met lange tussenpozen en korte stoten. Dichterbij moest een boerderij zijn, ik hoorde

althans, een keer, tussen twee kettingzagen in, een koe, één afzonderlijke gedempte loei, uit een stal.
Zo bleef hij zitten en ik vermoedde dat de zon lager aan de hemel was gaan staan. Ik herinnerde me dat hij eens tegen Lidewij had gezegd dat er twee fjordenpaarden graasden, op deze plek niet ver van kasteel Groeneveld, met hun hoofden bij elkaars achterhoeven. Dat moest het raspende geluid zijn dat ik hoorde. En ook hoorde ik, verder weg, het geklingel van een spoorwegovergang.
Wat heeft hem bezield, zei schepper. Waarom noemde hij zich jouw vader, waarom wilde hij dat ik je maakte.
Weer spetterde een reuzentraan op mijn oppervlak uiteen, aan mijn voeteneind.
De klootzak, de gore zieke klootzak, wat moet ik nu, hoe moet ik verder als de wereld weet wat ik heb gedaan, wat heeft hij met je uitgespookt, waarom moest je dood.
Ik wist wat hij zag toen hij, na zijn ogen gewist te hebben, nog een keer naar mij keek.
Mij, dood.
Daar had hij naar gewerkt. Naar de dood. En hij had het niet gezien, hij had mij levend gedacht, zelfs op de ene polaroid, de laatste die Specht hem op de valreep had gegeven, wapperend van een onbegrepen emotie, zelfs op die polaroid had schepper het niet gezien.
Vergeef me.
Dat zei hij niet. Ik dacht het. Ik dacht, hoe moet ik het hem zeggen. Ik twee helften polaroid, maaksel van een maaksel van een dode, hoe zeg ik hem dat hij niet wist wat hij deed. En ik begreep dat het niet uitmaakte, wat ik ook zou zeggen, kon ik spreken. Niet voor hem, op dit moment. Ik was Tijn, ik was zijn kind, ik was Lidewij, ik was Minke, ik was iedereen die hij niet had gezien terwijl zij voor hem stonden, iedereen die voor hem had gezeten en hij had moeten zien hoe klein en onbegrijpelijk onbeschermd en op een haar na niets wij zijn.

Hij moet ontzettend van je gehouden hebben.
Ook dat weet ik niet – of schepper Lidewij's woorden dacht.
Hij keek om zich heen en hij was precies daar waar Tijn op hem af gehobbezakt was met zijn broek naar beneden.
Niet gekeken hebben.
Ik probeerde het te begrijpen.
Niet gekeken hebben, niet echt met ogen die kunnen zien. Daar kwam zijn lot op neer. De opdracht aanvaard hebben, plechtig, ja heus, ik maak hem levend, ik red, ik red – maar wat had hij ervan geweten, van wat er nodig is om opgewassen te zijn voor zijn taak, wie zijn we als we wel kijken maar niet zien –
Stijn, zei hij. Maar hij richtte zijn woorden niet tot zijn zoon, dat vermoedde ik althans.
Vertrouw me, zei hij. Alsjeblieft. Ik wil te vertrouwen zijn.
Het is voor een drager niet goed te begrijpen met wie mensen praten als het werkelijk ergens over gaat.
Ze denken dat er een vader is, geloof ik. Ook al weten ze niet of hij er is, ze denken het. Dat moet het zijn. Ze hebben iemand nodig die hen nooit nooit laat schieten.

Die avond zou het bezoekuur zijn en Lidewij zou wellicht ontwaakt zijn uit de narcose, maar schepper fietste eerst naar huis, helemaal zijn eindeloze helft van het pad tussen hem en Tijn over en verder nog, naar Nimmerdor. Hij neuriede en floot beurtelings de Marseillaise en Yesterday, soms klonk hij vrolijk, dan weer grimmig, en hij riep ertussendoor: klootzak, gore zieke klootzak, en zo naderde hij het hek over het pad dat de oprijlaan wordt genoemd. Daar lag de omgewaaide boom nog steeds. Ik was weer in de borstzak geschoven. De zon stond halverwege de stammetjes van het berkenbosje links.
Ik voelde hoe een intense warmte, een hitte bijna, bezit van schepper nam. Om mij heen begon het weer te bonken en te dreunen. Scheppers adem stokte.
Hij heeft het twee weken later aan Lidewij verteld, de dag voor ze naar huis mocht met Stijn, vandaar dat ik mijn verhaal af kan maken.
Met zijn neus tegen de boom had een wagen gestaan.
De politie, schoot het door schepper heen.
De politie heeft het artikel van Minke gelezen en op internet, op een site met de jongens die te koop worden aangeboden, Singer gevonden, en nu komen ze me halen, ik moet mij verklaren en niemand zal mij geloven.
Maar het was een terreinwagen.
Het leek alsof er niemand in zat. Toen schepper van zijn fiets stapte zoemde er aan de bestuurderszijde een portierraam naar beneden. Een kale man met een oordopje in zijn oor schraapte zijn keel en zei: dus toch.
Dus toch, herhaalde schepper. Eigen woorden waren nergens te vinden. Zijn keel was kurkdroog.

We wilden juist omdraaien, zei de man. Onverrichter zake.
Schepper herkende de stem aan het Rotterdamse accent. Dit was degene met wie hij een week voor Pasen had gesproken, meer dan een halfjaar geleden.
Meneer Valéry wil u spreken.
Valéry, herhaalde schepper. Die is in het Dijkzigt, die gaat –
Hij wilde dood zeggen, maar de man met het oordopje stapte uit en liep om de auto. Hij drukte op het slot van de kofferbak en haalde met trefzekere bewegingen een soort rek met wielen te voorschijn dat hij openvouwde tot een rolstoel. Daarna opende hij het portier aan de andere zijde en hielp iemand naar buiten. Wat zeggen wil, hij bukte diep en sjorde behoedzaam een gestalte uit de wagen en tilde die de rolstoel in.
Als u zo vriendelijk wil zijn uw hek te openen, zei de kale man.
Schepper zette perplex zijn fiets neer en opende het hek van Nimmerdor.
Met zijn kin gebaarde de kale man dat schepper achter de rolstoel plaats moest nemen.
Heeft u de cheque bij u, vroeg de kale man aan de rolstoel.
De gestalte knikte.
De kale man hielp schepper de rolstoel over de boom tillen. Niemand sprak, de kale man liep terug naar de wagen en stak een sigaret op. Daarna duwde schepper Specht het pad op met de kuilen die hoognodig weggewerkt moesten worden. De kale man bleef achter bij de auto. Specht werd door schepper de serre ingerold, waar het nog altijd sterk naar brand rook.
Gedurende de rit moet hij tijd genoeg gehad hebben om zijn situatie meester te worden, maar hij heeft alleen maar naar het achterhoofd van Specht gekeken. Wat zeggen wil de kinderpolsmagere nek, de gladde schedel met hier en daar een plukje viltig haar, de scherpe knobbels waar de nek achterhoofd werd, de vleermuisvleugeldunne, donzige oorschelpen met de paarse aderen, de levervlekken op de hoofdhuid, de onmisken-

baar gelige bult daaronder, daar waar bij Stijn de fontanel zit. Ik hoefde maar te blazen en hij was dood, zei hij later tegen Lidewij. Op het moment zelf was hij verbijsterd geweest en voelde hij, ondanks de deerniswekkende gestalte van Specht hoe een onbedaarlijke misselijkheid in hem op walmde. De dood, dacht hij ongeveer, ik rijd de dood zelf Nimmerdor in, de gore zieke dood.
Hij zette Specht midden in de serre neer, die schemerig was en bezaaid met de sporen van de nacht.
Het was alsof ik hem de hel in duwde, zei schepper. Overal as, en je groene doek, en het ploppapier, en de emmer, en het matras.
Bespaar me de details, zei Lidewij.
Schepper had bepaald niet alles verteld. Van het voorafgaande had hij eigenlijk boven alles heel wat van Minke weggelaten en van de videotapes. En van – ik kon hem uittekenen.
Daar zat hij dus, tegenover de pui, naast de emmer, in een plas water, zei schepper. De grote Specht.
Waarom was er dan een plas, vroeg Lidewij.
Dat is een ander verhaal, zei schepper. Specht zat in zijn rolstoel en ik stond tegenover hem. En ik zei dat hij te laat was.
Specht had hem eerst niet begrepen. Schepper vroeg zich aanvankelijk zelfs af of Specht wel bij zijn volle verstand was. Soms was het alsof hij knikkebolde.
Toch zei hij met een onverhoeds vaste stem: je hebt de afspraak geschonden.
Schepper zweeg.
Je hebt Singer laten zien. Aan mevrouw Dupuis. Dat kan niet anders.
Misschien wilde schepper tegensputteren.
Ik neem althans aan dat mevrouw Dupuis ook jou haar artikel heeft laten lezen.
Het was nog altijd de hoge, Rotterdamse stem van iemand die de baard niet in de keel heeft gekregen.

Schepper was verrast.
Dat heeft ze mij gefaxt, althans, het is vanmorgen in de vroegte bij mij op kantoor aangekomen, mijn secretaris heeft het mij in het ziekenhuis gebracht, vervolgde Specht. Het stuk over mij. Zoveel fatsoen had ze nog. Dat ze het mij liet lezen voor het in de krant komt.
Schepper bleef sprakeloos.
Anders zou dit toch niet zijn gebeurd, zei Specht. Hij maakte een gebaar dat het hele atelier met alle asvlokken omvatte.
Anders zou je Singer toch niet verbrand hebben. Of wel.
Hoe weet u dat, vroeg schepper. Het was ondenkbaar dat hij nu tutoyeerde.
Mijn secretaris is je huis omgelopen en heeft de resten van het vuur gezien. Niet moeilijk te raden waar dat voor was.
Er viel een stilte.
Ik ben inderdaad te laat, zei Specht. Nu pas klonk zijn stem zo zwak als hij eruitzag.
Je hebt haar geloofd. Je hebt haar Singer laten zien en daarna heb je alles geloofd wat ze vertelde.
Het begon donker te zijn in het atelier. Boven sloeg de centrale verwarming aan, overal in Nimmerdor tikten verwarmingsbuizen.
Haar geloofde je, ten slotte. Niet mij.
Hij maakte een gebaar. Buiten, achter de vuurplaats, achter de rietkraag, achter het Randmeer tinkelden de lichtjes van de nieuwbouw van Almere.
Dat is seigneur Pauw, zei schepper. Er had buiten een scharrelend geluid geklonken, van een metalen bakje waarin gepikt werd.
Dat het zo moeilijk te geloven is, zei Specht. Dat ik zo vreselijk moeilijk te geloven ben geweest. Ik dacht –
Hij maakte een gebaar en liet zijn hand, die oneindig mager was, weer op zijn schoot vallen, ik hoorde het plofje.

Ik dacht dat ik het goed had gedaan. Dat ik je de opdracht zo had gegeven dat je in jezelf kon geloven. In je grote talent om naar het leven te schilderen.
De laatste woorden klonken sarcastisch.
Naar het leven! Ik dacht dat je me begreep. Je redt er een leven mee! Singer! Mijn zoon!
Er viel zo'n diepe stilte dat buiten, halverwege het Randmeer, in de vaargeul de ronk van een rijnaak te horen was.
Het was ook niet te geloven, zei Specht. Hij. Levend. Daarom heb ik je gezegd dat hij dood was. Dat had ik niet moeten zeggen. Nooit. Maar als ik je had gezegd wat hij wel was, dan zou je de opdracht niet hebben aanvaard. Je zou om te beginnen gevraagd hebben waar hij nu was.
Absoluut.
En dat kon ik niet. Die vraag kon ik niet beantwoorden. Dat Singer weer terug was naar, terug naar...
Weer liet hij zijn hand in zijn schoot vallen.
Terug naar Den Haag.
Den Haag, vroeg schepper.
Terug naar zijn langzame zelfmoord. Naar zijn smerige kamer. Terug naar zijn leven, zijn leugens. Zijn hustle. Zijn heroïne. Zijn site op internet, waar hij mij mee wil chanteren. Ik heb het werkelijk geloofd, dat het ditmaal, met hem, zou lukken. Maar hij heeft me niet vertrouwd. Hij kon het niet, hij minachtte me, net als altijd de anderen, en hij had gelijk, ik kocht hem, wat ik ook deed, het was alsof ik hem kocht, ik kon alleen maar kopen.
Ik heb deze woorden gehoord, precies zoals Specht ze zei. Ik was nog altijd in scheppers borstzak en later, toen schepper Spechts woorden herhaalde voor Lidewij, wist ik dat het dezelfde zinnen waren, woord voor woord. Het was alsof ik hem kocht, ik kon alleen maar kopen.
Natuurlijk dacht ik aan Spechts eerste gebaar hier in het atelier, een mensenleven geleden, op de dag van Driekoningen. De

magere hand in de binnenzak van het veel te ruime dure pak, de cheque, de vijf cijfers.

En jullie laten je kopen, zei Specht. Natuurlijk, hoe kan het ook anders. Jij ook, Felix, jij nam de opdracht ook pas aan toen ik de prijs had genoemd.

Schepper had zich omgedraaid en keek naar buiten, naar seigneur Pauw die zich had omgedraaid en zijn staart de tuin in sleepte, richting vuurplaats.

Onschuld is het allermoeilijkst. En het schandaligst, had Specht eens gezegd.

Dus Singer is niet dood, zei schepper.

Specht schudde zijn hoofd.

Ook niet op de video –

Je bedoelt Loutro.

Het leek alsof Specht iedere gedachte waar hij aan begon kwijt was op het moment dat hij hem uitsprak.

We hebben hem per helikopter naar Heraklion gevlogen en daar is hij gered, leeggepompt en opgekalefaterd, op het nippertje. Anderhalf jaar geleden was dat. Overdosis, ik ontdekte het terwijl ik aan het filmen was, hij lag erbij als een slapende god... ik rook niet eens de kots, naast het bed, ik was alleen maar begoocheld door – hij was zo allejezus mooi. Ik weet wat je wil zeggen. Maar je zou de opdracht niet hebben aangenomen als ik je vertelde dat het zelfmoord was, poging tot zelfmoord, op dat moment, op de video, daar, in Loutro...

Waarom wilde u zijn portret.

Schepper stelde de vraag maar kende het antwoord.

Het was voor hem. Jouw ding. Het zou zijn –

Knikkebolde hij weer?

Het zou zijn alsof er van hem gehouden was. Begrijp je dat, als ik dood was, wie moest het hem dan nog zeggen. Als hij jouw ding te zien zou krijgen, eens, zoals ik wist dat alleen jij hem schilderen kon, dan zou hij weten hoe –

Specht bracht zijn hand naar zijn voorhoofd en drukte zijn frons samen.
Hoe veel ik van hem hield.
Hoe lief hij is. Hoe lief.
Hij schraapte zijn keel maar bleef schor.
Het is geweest alsof hij mij uitkoos, eens, op de compound, op het gazon.
Papa zei hij. Op z'n Frans. Hij wilde me vertrouwen. En werkelijk, Felix, later kon ik het mezelf wijsmaken – dat het denkbaar was, Singer vertrouwt het leven en eens neemt hij het over, niet de zaak, maar de dingen die ik het mooiste heb gevonden, hij hield van schoonheid, hij zoog de mooiste dingen in zich op, alsof het waar is, dat schoonheid redt, je gelooft het niet, maar ik begon te dromen van een raam met daarop Specht en zoon en binnen alles wat hij het mooiste vond van wat ik bezeten heb, alles wat hij aangewezen had omdat het hem trof.
Met zijn hand streek hij langs de lichte stoppels van zijn kin, het was alsof zijn hand probeerde te voelen dat hij nog leefde.
Jouw Jeanine. Die trof hem.
Mijn Jeanine, zei schepper. Maar die hangt daar.
Weet ik. Maar er is een ansicht van, die had mevrouw Dupuis me eens gestuurd, na een stuk dat ze over mijn collectie had geschreven, om me te bedanken.
Ach, Jeanine, zei schepper.
Zijn ademhaling was plotseling heel rustig.
Vreemd. Later las ik dat interview met je, in *Palazzo*, het moet door die Piëta gekomen zijn, dat trof me – wat een onschuld, dacht ik, wie heeft hier nu nog de moed om onschuld te schilderen...
Zijn stem raspte, hij probeerde zijn keel te schrapen, maar miste de kracht.
Ik ga eraan, Felix, vandaag of morgen. Dat had ik net gehoord,

de dag voor ik het interview met jou in *Palazzo* onder ogen kreeg. Van mevrouw Dupuis.
Nu leek hij werkelijk weg te sukkelen. Schepper schraapte zijn keel.
Het trof me, zei Specht. Werkelijk, het trof me meer dan ik je zeggen kan. Dat dat jouw grote wens was. Een Piëta geschilderd hebben. Je had zelfs een kolossaal doek gekocht, twee bij een twintig. Voor een Piëta. En toen ik hier binnenkwam...
Hij wees met een trillende vinger.
Daar stond hij toch.
Specht zocht scheppers blik. Kennelijk begreep schepper hem want hij liep naar de rolstoel en draaide hem richting binnenmuur, precies daar waar ik gestaan had, open en bloot, met de krijtstreep die afbrak op twintig centimeter rechts van mijn midden. Van hem uit gezien links. Ik was twee snippers inmiddels, in een zwetende borstzak, maar ik voelde opnieuw hoe Spechts adelaarsblik bleef smeulen in mijn linnen.
Hoe was hij, vroeg Specht. Hoe is hij geworden, mijn zoon – is hij gelukt.
Schepper had die dag al vreselijk gehuild, dus dat gebeurde nu niet. Hij vocht tegen tranen die niet kwamen. Hij zuchtte, ik denk dat het de diepste zucht was uit zijn leven.
Stijn, zei schepper.
Stijn, vroeg Specht.
Hij leeft en hij heet Stijn, zei schepper.
En hij bracht zijn linkerhand naar zijn borstzak en haalde mij te voorschijn.
Hier, zei hij tegen Specht. Ik heb me niet aan de afspraak gehouden.
Het was aardedonker in het atelier toen Specht mij eindelijk in handen kreeg.
Schepper liep naar een van de schemerlampen die er nog altijd stonden.
Schemerlampen, zou Lidewij later vragen.

Dat is een heel verhaal, zei schepper snel.
Hij knipte de lamp aan.
Singer, fluisterde Specht. Jochie.
Hij kon zijn handen niet stilhouden. Ik voelde hoe ik steeds twee delen werd die bevend tegen elkaar schoven, tot hij mij losliet en ik op zijn schoot lag.
Je hebt hem jonger gemaakt dan op de video. Zoals ik hoopte. Precies zoals ik hoopte.
Hij dacht even na en zei: neem het die mevrouw Dupuis niet kwalijk, ze heeft alleen maar haar eigen ogen geloofd, wat moest ze anders, ze heeft alleen maar eigen ogen en daar geloofde ze mee, toen ze Singers site vond, ze wist niet wat ze deed.
Hij vestigde zijn blik weer op mij en ik vergat dat ik gescheurd was. Ik vergat dat ik minuscuul was. Zelfs dat ik geen doek meer was, vergat ik.
Lief ben je, je bent zo vreselijk lief, er is op de wereld geen liever mens geweest.

Zo zijn wij blijven zitten, ik en Specht. Minutenlang. Specht met op zijn schoot zijn zoon. Ik met over mij gebogen de man die vader wilde zijn. Het kan verbeelding zijn geweest, maar ik voelde hoe hij, zonder mij aan te raken, zijn vingertop over mij bewoog, van boven naar beneden, over de scheur, en toen van links naar rechts, van mijn tenen naar mijn hoofd. En toen Specht na een eeuwigheid van mij opkeek zei hij tegen schepper: maak hem. Schilder hem opnieuw. Zoals hij is. Hij leeft. Eens komt hij om zichzelf te zien.

Colofon

Specht en zoon van Willem Jan Otten werd gezet uit de Bembo door Perfect Service te Schoonhoven. Het werd gedrukt en gebonden door Drukkerij Giethoorn Ten Brink te Meppel. Het omslagontwerp werd vervaardigd door Collage, Aldeboarn.

Van Willem Jan Otten is tevens verkrijgbaar:

Een man van horen zeggen (roman)
Paviljoenen (gedichten)
De wijde blik (roman)
De letterpiloot (essays)
Ons mankeert niets (roman)
Eindaugustuswind (gedichten)
Het wonder van de losse olifanten (lezing)
Eerdere gedichten (gedichten)
Op de hoge (gedichten)